书小语·大语文课堂

获奖名家散文精选

雪地杜鹃

裘山山／著

成都时代出版社
CHENGDU TIMES PRESS

图书在版编目（ＣＩＰ）数据

雪地杜鹃 / 裘山山著. -- 成都：成都时代出版社，
2022.9
（书小语·大语文课堂：获奖名家散文精选）
ISBN 978-7-5464-2987-8

Ⅰ.①雪… Ⅱ.①裘… Ⅲ.①散文集-中国-当代
Ⅳ.①I267

中国版本图书馆 CIP 数据核字(2022)第 006042 号

雪地杜鹃
XUEDI DUJUAN

裘山山 / 著

出 品 人	达　海
责任编辑	张　巧　程艳艳
责任校对	唐莹莹
责任印制	车　夫
装帧设计	书香力扬

出版发行	成都时代出版社
电　　话	（028）86742352（编辑部）
	（028）86763285（市场营销部）
印　　刷	成都兴怡包装装潢有限公司
规　　格	145mm×210mm
印　　张	7.875
字　　数	128千
版　　次	2022 年 9 月第 1 版
印　　次	2022 年 9 月第 1 次印刷
书　　号	ISBN 978-7-5464-2987-8
定　　价	78.00 元

离开西藏后，

我又梦见了杜鹃。

这一回出现在梦里的，

是一座燃烧的雪山。

XUEDI DUJUAN

比山更高的树

　　我很喜欢树，尤其喜欢西藏的树。每次进藏，总会听到很多关于树的故事，也总会拍下很多树的照片。

　　所以，当我听说日喀则郊区有一片红树林时，一下很激动，恨不能马上奔过去看。于是，在日喀则的工作结束后的第二天，我们就起了个大早，去看红树林。

　　可惜老天不给面子，阴着。我还是第一次在日喀则遇到这样的阴天，很有些不习惯，好像不是在西藏似的。街上很静。也许这个城市就没有嘈杂的时候。年楚河静静地流淌着。我们没行多远，就看到了那片树林。的确很大一片，而且树干很粗壮。

　　红树林其实不是红树的林，它就是柳树林，同样是绿的树冠，同样是褐的树干，与其他柳树一样。风吹过，也同样摇曳着，婀娜多姿。之所以叫红树林，是因为其中最粗壮的几棵，树干被涂成了红色，是那种寺庙里特有的红色。军分区的同志告诉我们，那是喇嘛涂的，他们认为这些树是神树，涂以红色表示吉祥。红树林的名字，也是因为这几棵树而来。

这些柳树，不知道在此站立多少年了，也不知道是谁种下的，经历了数不清的风霜雪雨后活了下来，活成了一道风景。在我以往的感觉里，柳树是柔弱的，纤细秀丽的，比如我的故乡西湖边的柳，它们和桃树夹杂着，沿堤而生，与西湖秀作一处，十分和谐。但在见到了西藏的柳树后，我彻底改变了看法。原来柳树是那么强壮，那么有耐力，耐寒，耐旱，耐风沙。它们经常出现在不可思议的地方，图解着"绿树成荫"这个词。尽管它们的枝叶仍是摇曳多姿的，但树干强壮如松柏，或许比松柏更有韧性。

川藏线上的白马兵站，有一院子的大柳树，那柳树密集到盖住了整个兵站的院子。你在别处若怕太阳晒，得费点儿劲才能找到树荫，但在白马兵站，你想要晒太阳的话得走出院子。这让我发现，柳树也喜欢群居呢，一活一大片。

我们走近看，发现这片柳树都是西藏特有的左旋柳。树的枝干是旋转着生长的，模样很像小时候我帮母亲拧过的被单，当然，人家比被单粗壮多了，硬朗多了。

我们在红树林恭候了很久，太阳始终没有出来。这意味着，我还得再去看它们一次，因为我太想看到它们在阳光下的样子了。那会是一幅完全不同的美景。

我喜欢西藏的树。不仅仅因为在西藏树很珍贵，而且因为它们所呈现出来的美丽，非同一般。你在西藏的路上跑，要么看不到树，一旦看到了，肯定是极其茂盛、健壮的树。即便脚下是沙砾，枝干上覆盖着冰雪，它们都充满活力。也许因为真正健壮的树，恰是经历了风霜雨雪的，恰是在最难成活的环境里活了下来的。

特别是往日喀则方向走的时候，汽车沿冈底斯山脉前行，一路看到的，全是褐色的山峦、褐色的沙砾地，没有一点绿色。但是走着走着，你眼前突然一亮：某一处的山洼，一股清泉般的绿色从山中涌了出来，那便是树。数量可能不多，可能成不了林，但只要有树，树下便有人家，有牛羊，有孩子，有炊烟，有生命。你就会在漫长的旅途中感到突如其来的温暖和欢欣。

我不知道，人们是居而种树，还是逐树而居？

西藏最茂盛的树木，当然在海拔相对低一些的藏东南。如果你去米林，从山南翻过加查山之后，一路上，就经常可以看到大如巨伞般的树了，一棵树就能遮住一片天。我记得有一棵大核桃树，极其壮观，恨不能把整个村庄都罩在树下。站在树下一抬头，满眼密密匝匝的，全是圆圆的绿皮核桃，像挂满了小灯笼。我很想把它照下来，却怎么都无法照全，好像面对的不是一棵树，而是一座果园。

军区大院的树，也很棒。路两边和办公区里的柳树，都那么粗壮，那么茂盛，也都是左旋柳。我在内地的确没见过这样的柳树，我在猜想，是不是因为它要躲避风雪，于是扭过去扭过来，就长成了这样？枝干很苍老，纵横交错的树纹昭示着它们生存的不易。但树冠永远年轻，永远郁郁葱葱。

这些树，都是当年 18 军种下的。当年 18 军到拉萨时，军区大院这个位置是一片荒地。要安营扎寨，首先就得种树。树种下了，心就定了。树和他们一起扎根。他们种了成片的柳、成行的杨，还有些果树和开花的树。我在司令部的院子里，就见到了一棵美丽的丁香，淡紫色的细碎小花在阳光下静静地开放。

人们常说西藏是神奇的，在我看来，神奇之一，就是栽下去的树要么不能成活，若活了，风雪摧残也一样活，甚至比在内地长得更高更壮。

半个世纪过去了，18军当年种下的树，如今早已成行，成林，成荫，成世界。每棵树都记录着拉萨的变迁，记录着戍边军人走过的一个又一个春夏秋冬。在我看来，它们个个都该被挂上"珍贵树木"的牌子予以保护。

我去海拔较高的邦达兵站时，非常欣喜地看见，戍边军人在那里种活了树。邦达海拔太高，气候太冷，曾经方圆几十里没有一棵树。据说曾有领导讲，谁在邦达种活一棵树，就给谁记功。我去之前，听说他们种活了138棵，不知他们立功没有？

那天，我一到邦达兵站就迫不及待提出要看他们的树。站长虽然忙得不行，还是马上陪我去了。站长穿着棉衣，棉衣上套着两只袖套，别人不说是站长的话，我还以为他是炊事员。他把我带到房后，果然，我看见了那些树，是些一人多高的柳树和杨树。

尽管寒风阵阵，树的叶子仍然是碧绿的，昭示着它们的勃勃生机。站长坦率地告诉我，在刚刚过去的这个冬天，又冻死了几棵，现在已经没有 138 棵了。不过，站长马上说，今年春天他们在新建的兵站又种下去 200 多棵树，大部分已经活了。站长一副充满信心的样子。

我真为他们感到高兴。树能在这里存活，实属奇迹。这里海拔高，气温极低，年平均最高温度 15 摄氏度，冬天常常降至零下 30 摄氏度。四周全是光秃秃的山，不要说暴风雪来临时无遮无挡，暴风雪不来时也寒冷难耐。种树时，官兵们先得挖上又深又大的坑，将下面的冻土融化，然后在坑里垫上塑料薄膜，再垫上厚厚的草，以免冰雪浸入导致烂根。树又比不得蔬菜，可以盖个大棚把它们罩住，它们只能在露天环境里硬挺着。冬天来临时，官兵们又给每棵树的树干捆上厚厚的草，再套上塑料薄膜，在根部培上厚厚的土，然后再用他们热切的目光去温暖，去祈求。除此之外，他们还能做什么呢？要能搬进屋他们早把树搬进屋了，甚至把被窝让给它们都可以。

一旦那些树活过了冬天，春天时抽绿了，那全兵站的人，不，应该说全川藏兵站部的人，都会为之欢呼雀跃。可这些树并不理解人的心情，或者即便理解了，也实在没办法挨过去。有些挨过第一个冬天，第二个冬天又挨不过了。有些都挨过两个冬天了，第三个冬天又过不去了。谁也不知它们要熬过多少个冬天才算真正的成活，才能永远抗住风霜雨雪，谁也不知道。因为这里此前从来没出现过树。

但这并不影响邦达人种树的决心，他们会一直种下去的。他们要与树相依为命。终有一天，邦达兵站会绿树成荫，那将是世界上最高大的树，是需要仰视才能看到的树。

西藏的果树也很著名，尤其是苹果树。西藏栽种苹果树的历史，是从 18 军开始的。据资料记载，18 军政委谭冠三，是个喜欢种树的人。他号召各部队进驻西藏后，一路种树。官兵们就从内地带去那些适合在高原种的树苗，想尽一切办法让它们在高原上成活。谭冠三还带头试种苹果树，在他的带动下，苹果树终于结出了又甜又脆的苹果。所以西藏的苹果有两个名字，一个是"高原红"，一个是"将军苹果"。

我第一次去林芝，就对那里的苹果树难以忘怀。正值秋天，一路上都能看到树上挂着累累的果实，营房前后也到处飘着苹果香。我们早上出发的时候，就从门前的苹果树上摘一些苹果扔在车上，一路吃着走。那感觉真是好。

西藏的日照充足，水又纯净，所以苹果特别好吃。我在 185 医院采访时，还吃到了他们自制的苹果干。那里的医生、护士告诉我，他们每年都要把吃不完的苹果晒成干，带回内地去，给家里人吃。他们觉得他们一年到头待在西藏，什么也不能为家里做，这是唯一能贡献给家人的了。

其实他们的贡献，树都知道。

或者可以说，他们就是高原上的树，是最顽强、最挺拔的，亦是最美的树。四季常青，永不凋零。

如果说在西藏，天有多高，山就有多高，那么，比山更高的，就是树了。它们生长在西藏那样高的山上，肯定比别处的树更早迎接风雪，也更早迎接日出。

对那样的树，我充满敬意。

2000 年夏，行走川藏线归来

四十年前的爱情

　　平生听过很多爱情故事，唯有这一个，让我至今心痛。

　　它发生在高原，发生在四十年前。

　　20 世纪 60 年代初，有一个叫马景然的高中生，考入了解放军西安炮校，成为一名女兵。她很开心，不仅仅是因为穿上了军装，还因为她的恋人也和她一起考入了。或者换句话说，她是跟她恋人一起参军的。恋人叫任致逊，其父母和她的父母是好朋友，两家关系很好，他们俩从小认识，可谓青梅竹马。

　　他们到部队的第二年，就赶上西藏部队招收干部，要从他们学校挑选一百名学员进藏学外语。任致逊被选上了，马景然得知后也坚决要求去。领导考虑到他们的特殊情况，也特批她加入进藏队伍。这样，马景然成了那支队伍里唯一的女兵。

　　年轻的队伍从西安出发，坐火车到兰州。在兰州，他们与从北京选来的另一百名高中生会合了，马景然就成了二百名学员里唯一的女兵。然后他们又从兰州出发，到格尔木，再从格尔木进拉萨。一路上火车换汽车，汽车换步行，风餐露宿，日夜兼程。

　　那个时候条件非常艰苦，兵站都没有房子，露宿是常事，吃得也很差，还有高原反应，还有寒冷，还有数不清的困难。可马景然一直和所有的男学员一起往前走，和男学员一起住帐篷、吃干粮，栉风沐雨。每天晚上，她都睡在学员大帐篷的角落里。没人知道她是怎么解决那些生理上的困难的，没人知道她是怎么适应那支雄性的队伍的，甚至没人听见她说过一句难过的话、伤心的话，哪怕是一声叹息。一切的一切，她都默默地承受着。

　　到拉萨后，正赶上某边境战争打响，学习的事自然推后，他们全部投入了工作。他俩和一批同学一起，被分配到了俘虏营，做俘虏的教育管理工作。

　　仗打完后，他们前往建在西藏扎木的西藏军区步兵学校，在那里读书学习。扎木那个地方我去过，在藏东南，海拔相对较低，树木葱郁，氧气也不缺。在那里建学校，肯定很适宜学员们读书。学校开设了英语、印地语、尼泊尔语等专业。教员都是从各个大学和外交部请来的老师、专家，马景然是学校里仅有的女学员。住宿仍很困难。当时一个区队一个大房子，房子里两排大通铺，男生一个挨一个。在大房子门口，有两个小储藏室，一边住区队长，一边就住马景然。

整个学校除了她，就还有两个教员的家属是女人了。连个女教员都没有。我不知道马景然是否寂寞，是否孤独。虽然她和任致逊在一个学校，但毕竟是集体生活，他们不可能卿卿我我、花前月下，甚至连单独在一起的机会都很少。我努力想象着马景然在那里的生活，还是很难想象出。我只知道她内向，话不多。还知道，她和任致逊都学习印地语，成绩优秀。哦，还知道马景然中等个儿，长得秀丽文静，任致逊则高大英俊，一个帅小伙。

他们在扎木度过了三年时光。尽管有种种的不便和困难，但对马景然来说，那三年是她最安宁最幸福的三年：守在爱人的身边，潜心读书。

1967 年，他们毕业了，因为成绩优秀，两个都留校当了教员。我相信这其中也有领导的一片心意，想让他们在一起。于是，他们打算马上结婚。从 1961 年进藏，他们已经等了 6 年了，实在该结婚了。

可是就在这个时候，1967 年 10 月，西藏边境局势再次紧张，亚东方向发生了炮战，两人将婚期再次推后，前往部队参战。任致逊直接去了亚东前线指挥所，马景然在西藏军区联络部工作。分手的时候他们重新约定，等这次战事结束后，就结婚。

可是——又一个"可是"，我怎么也逃不开这个"可是"——任致逊到亚东没多久，就壮烈牺牲了：一发炮弹直落他所在的指挥所，他被击中腰部，当场牺牲。与他一起工作的另外两名同学，一名牺牲，还有一名重伤。

上级将这一噩耗告诉马景然时，怎么也不忍心说任致逊已经牺牲，只说负了重伤，正在抢救。马景然焦急万分，恨不能立即飞到任致逊的身边去。6 年了，他们等了 6 年了。无论如何艰苦，无论如何困难，他们都一直在一起。这回仅仅分开几天，他就出了意外！怎么会这样？他们约好了战后就结婚的啊！

我不知道马景然当时想了些什么，我只知道她从得到消息后就泪流不止。部队马上派了辆车，送她去亚东。车是一辆老式的苏联嘎斯车，那个时候哪有什么像样的车啊。一个干事陪着她，急急地上了路。走的是那条我很熟悉的路，从拉萨出发，过羊八井，再翻越雪古拉山，然后到了山下一个叫大竹卡的地方。

就在那个叫大竹卡的地方，他们的车翻了！马景然因为一路悲伤哭泣，完全没注意到车子发生意外，她坐在后面，却一头栽到前面，额头撞到车前玻璃窗的铁架上，血流如注，当场玉殒。

她真的随他而去了！那么急，那么不由分说！好像任致逊在那边喊她一样，她连"哎"一声都顾不上，就奔过去了。

我听到这里时，惊得目瞪口呆，心痛不已。

唯一让人感到安慰的是，马景然到死，也不知道任致逊已经牺牲，而任致逊牺牲时，也不知道马景然很快便随他一起离开了人世。在他们的心里，对方都还活着。他们只是不约而同地一起走了，共赴黄泉，他们到那边去活，去相爱。也许在他们很少很少的情话中，有那么一句：至死不分离。如果还有一句，那应该是永不失约。

马景然和任致逊离世后，一起被安葬在了日喀则的烈士陵园。

他们终于在一起了。

他们知道他们在一起了吗？

在马景然的一百九十九个同学里，有一个是我认识的王将军，是他把这个故事讲给我听的。他讲的时候很激动，一再说，这才是真正的爱情，这才是我们西藏军人的爱情。

王将军现在已经退休，他曾在日喀则军分区当过五年的政委，每一年，他都要去为他们两人扫墓。每次扫墓，他都会生出一个强烈的心愿：如果能把两人的灵丘合葬在一起该多好。他们那么相爱，那么想在一起，生不能如愿，死后也该让他们如愿啊。可是由于种种原因，王将军说，他的心愿一直没能实现。他只是将二人的陵墓进行了修缮。

王将军的心愿也成了我的心愿。那年进藏时，我就把这个惨烈的爱情故事，讲给了一位当时在西藏任职的大校听，同时还把王将军的心愿也告诉了他。我说："真的，如果能将他们二人合葬，该多好。不但可以安慰他们的在天之灵，还可以让这个爱情故事永远传下去。"

大校沉吟片刻，说："我来试试看。"

大校于是又把这个故事，讲给了当时在日喀则任职的另一位大校听。那位大校也被感动了，说："我去办。"

我满怀期待地等着。可以说，我是为自己在期待，期待自己这个被爱情故事灼伤的人，能够得到抚慰。我还想，下次去日喀则，一定要去烈士陵园，一定要去祭扫他们的陵墓。

一周后，我终于等到了回复。出乎我的意料，却又在情理之中。

现将日喀则民政局的信抄录在这里：

日喀则地区烈士陵园现葬有1967年10月在亚东炮战中牺牲的革命烈士任致逊和其在同一部队服役的女友马景然（在大竹卡翻车事故中牺牲）两位的灵丘。根据其战友意愿，现要求将两个灵丘合葬在一起。经我局了解，合葬一事既不符合国家规定，同时又将违背当地的民族风俗。故不适宜掘墓合葬。

特此证明

日喀则地区民政局

2005年7月22日

除了两封回复的信，还有两张照片，即两位烈士的陵墓的照片。看得出，陵墓的确被修缮过，但也看得出，两座陵墓不在一起。也许当时安葬的时候，人们不知道他们是恋人？或许知道，但不允许在烈士陵园体现儿女私情？

无论怎样，我都认为日喀则地区民政局的同志是对的。回到成都后，我把这个结果告诉了王将军，王将军也这样说。仔细想想，我们提出的要求的确不妥。已经过去那么多年了，而且那是烈士陵园，又不是一般的墓地，怎么可能随意掘墓合葬呢？我们当初只从感情出发，没考虑周到。

当然，我认为我们也没错。

爱不会错。他们相爱。我们爱他们的爱情。他们的爱情在越过半个世纪的岁月风沙、人世沧桑后，依然鲜活。

我知道他们至今仍彼此相爱着。

你也知道。

2005 年 8 月

一个让人内疚的日子

这个日子是 1964 年 6 月 22 日。

第一个感到内疚的是本文的主人公，原成都军区测绘大队的一名军官，名叫杜永红。当时他正奉命带领一个作业小组，来到西藏岗巴地区的山野里，测量中尼边境线。

杜永红时年 24 岁，未婚。他有未婚妻，而且有了好多年了。但由于长年在野外工作，几乎没时间与未婚妻在一起，故一直未婚。他带领他的作业组在岗巴执行测绘任务已经 20 多天了。岗巴地区平均海拔 4700 米，而他们测量的地方就更高了，"荒无人烟"这四个字是无法概括这儿自然条件的艰苦和恶劣的。杜永红病倒了，而且患上了非常可怕的肺水肿。但他不肯休息，坚持上山作业，结果昏倒在山上。同小组的战友们把他抬下了山。他在帐篷里醒来，恢复知觉后的第一感觉就是内疚。他想，自己是个共产党员，还是个作业组长，怎么能没完成任务就倒下了呢，怎么能让同志们抬下山呢？实在是太不应该了。

于是，为了弥补自己的"过错"，他一刻也没休息，就开始整理当天的资料和图纸，一直整理到深夜。当他终于完成工作想要休息时，才感到自己呼吸十分困难，以至于根本无法入睡。也许那时他的肺里积液已满。他想，反正躺着也睡不着，不如去站岗，让能睡的同志去睡。他就走出帐篷，换下了站岗的战士。

第二天早上，杜永红看天色微亮，就叫醒炊事员起来烧火做饭，他们今天还要上山，还要走很远的路。叫醒炊事员后他就去睡了。谁也不知道他是怎么坚持到早上的，谁也不知道他去睡的时候，是不是觉得胸口好受一些了。

这第二位内疚的，就是被杜永红替下岗来睡觉的哨兵。事后回想起来，他不停地自责：我为什么要让他替我站岗呢？是的，他是组长，可他也是病人哪！我不该那么听话地把哨位让给他。是的，那天我也很累，我的身体也有气无力，可他病得更厉害呀，他比谁都累呀！再说，他们组里哪位同志不累呢？他们进藏执行任务的全体测绘兵谁不是靠意志在支撑呢？

哨兵因为这样的自责而哭泣。不，是痛哭，痛哭不已。

我们再往下说。早饭做好后，炊事员把大家叫起来吃饭，叫到杜永红时他有些犹豫，他知道杜永红天亮才睡下，还知道杜永红在生病。于是他绕过了杜永红。

吃完饭要出发了，杜永红还在睡。一个老同志说，今天咱们就别让组长上山了，让他在家歇一天吧！大家一致同意。他就嘱咐炊事员，千万不要惊醒组长，让他好好睡一觉，到上午十一点时再叫他起来吃饭，免得他又硬撑着上山。炊事员点头答应。

一个上午，帐篷里都静悄悄的。炊事员在准备午饭时十分小心，轻手轻脚的，生怕惊了组长的梦。他知道只要组长醒来，就会不顾一切地上山去。总算到了十一点，炊事员走到帐篷门口，侧耳听了听，里面一点儿声音也没有。他想，组长实在是睡得太香了，已经很久没这样睡过了，他决定让组长再多睡半个小时。

到了十一点半，太阳升起老高了，而且暖洋洋的，炊事员想，这下可以叫组长起来了，吃碗热乎乎的面条，再好好晒晒太阳，身体一定会好起来的。

他走进去，叫他的组长，叫那个叫杜永红的人。但杜永红一动不动，他大声叫，杜永红不动，他用力拍杜永红，杜永红也不动，他就使劲儿推杜永红，杜永红还是一动不动，就像一块紧贴大地的岩石，除非火山爆发才能令它改变状态。他预感不好，掀开被子，才发觉他们的组长，他们的战友杜永红，早已僵硬。

这第三位内疚的便是炊事员。他想，自己为什么要自作主张地晚叫他半小时呢？也许早叫半小时还会有救的。尽管后来医生说，杜永红的死亡时间是在早上，他还是内疚不已。他想，我竟让他的遗体那么孤孤单单地在帐篷里待了一上午，我该去陪陪他的啊！

炊事员抽噎着说不出话来。组里那位老同志劝慰他说，你不要这样自责，如果怪，应该怪我才是，是我叫你不要叫醒他的，是我说让他好好睡一觉的。当然，我不知道他会一觉不醒，如果我知道，我一定不会让他去睡的。哪怕我们轮流给他唱歌，哪怕我们轮流给他讲笑话，我们也坚决不会让他睡的，我们会尽一切一切的努力让他醒着，醒在这个世界上。

但所有的后悔都已无济于事。杜永红毕竟是睡去了，而且是永远地睡去了。

老同志成了第四个内疚的人。他默默地淌着眼泪，领着组里的同志把杜永红的遗体仔细地包裹好，放在担架上，抬到岗巴他们的总部去。

抬到半路时，见一匹马卷着尘土飞奔而来。大家一看，原来是大队医生。医生一见担架就想下马抢救。但所有的目光都在告诉他，已经晚了。医生扑在担架上就放声大哭，边哭边说，我来晚了，我该再快一些的！我该昨天晚上就出发的！我就知道是你！我对不起你啊！

原来，杜永红病倒后，就给大队医生写了封信，他说小组里有人病了，希望医生方便的时候过来看一下。他没说是谁病了，也没说是什么病，有多严重，他是怕医生知道了着急。他知道医生很忙，因为进藏后生病的人太多。但医生了解他，知道他身体不好，也知道他是个工作起来就不要命的人，所以一看信就猜到生病的一定是他本人，而且还猜到一定是病很重了他才写这封信的。所以医生一大早就骑马往这边赶，没想到竟在路上与他的遗体相遇了。

医生怎能不放声大哭?

讲到这里，医生已经是第五个感到内疚的人了。

但故事还没有完。杜永红牺牲的消息传到了阿里。当时在那里工作的另一个测绘小组的组长，是杜永红的好友，名叫王玉琨，他一听说岗巴有一个同志病亡，心里马上有种不好的预感：那个病亡的人，很可能是杜永红。

从拉萨出发前，王玉琨曾见到杜永红，杜永红跟王玉琨说，他的那位和他谈了好几年恋爱的未婚妻，最近写信来要和他分手。原因很简单，她总也不能见到他，总也不能和他"谈"恋爱。这么多年来他们一直是靠通信维持关系的。杜永红有些难过，想跟王玉琨好好聊聊，还想给王玉琨看看他未婚妻写的那些信，帮他分析一下还有没有挽回的可能。信一共有 40 多封，进藏时他把它们全背进来了，他走到哪儿信就带到哪儿，他试图用这种方式留住爱情。

但他们没有谈成。出发前需要做的准备工作很多，两个人都是作业组组长，时间实在是不够用。王玉琨就对杜永红说，等我们完成了这次任务，一定找个机会好好聊聊。

可没等完成任务，杜永红就倒在了岗位上。

王玉琨说，我真是非常后悔，我当时无论如何该和他谈谈的，哪怕不睡觉、不吃饭，也该和他谈谈的，让他说说心里的委屈，吐吐感情上的烦恼。我是他最好的朋友啊，可我却让他带着心事走了，他永远也没机会向人诉说了！

王玉琨讲到这里时，眼圈红了。往事在 38 年之后依然折磨着他的心。如今他已是年过花甲的人了，他说杜永红如果活着，也该年过花甲了。

早已离开了部队的王玉琨，依然忘不了当年丈量世界屋脊的那些日子，那些艰苦而又光荣的岁月。他把它们写成了一篇日记体的报告文学，让我看。而前面这个小故事，是他在讲述中不经意提起的。但恰是这个小故事，像根针一样一下子刺进了我心里。我知道，我若不把它拔出来，心就一直会汩汩流血。

王玉琨是那个日子的第六个内疚者，也是这个故事的讲述者。

写到他，故事似乎应该结束了。但我却忽然想到，这世上还应该有一个为那天感到内疚的人，虽然她和西藏相隔遥远，她应该是第七个感到内疚的人。

她就是那 40 多封信的作者，杜永红当年的未婚妻。

尽管同为女人，我十分理解她无法承受的孤单和寂寞；但仍是同为女人，我推断她一定会为自己在他临死前不久提出分手而深感内疚。说得残酷些，哪怕她晚说一个月，或者信在路途上耽误一个月，杜永红赴黄泉路时就不会那么孤单了。

王玉琨告诉我，杜永红死后并没有被授予什么称号，因为在他们测绘队，因劳累和条件艰苦而死在岗位上的人很多，多到司空见惯。但我想，有这样一些为他感到内疚的人，就足以让他"不死"了，因为他将永远活在他们的内疚里。而内疚，也是一种思念。

活在思念中的人，也许比获得称号更能够永垂不朽。

后记：

1950 年，西藏和平解放前没有地图。解放军进入后，先是由随军测绘队进行局部测绘。后来局势稳定了，开始全面的测绘工作。1962 年，原成都军区正式成立了某测绘大队，专门负责测绘西藏地图。当时的西藏大多是无人区，海拔高，有几千里边防线，测绘的难度之大，是常人难以想象的。其中包括测量珠峰、阿里无人区等。加之那时是国家的困难时期，测绘部队每人每天的伙食费是 6 毛，第二年加了 5 分钱的燃料费（买牛粪）。即使如此艰苦，参加测绘的上千名官兵全部都坚持到底，没有一个中途离开或者退缩的。经过 20 年的不懈努力，历经千难万险，1981 年，终于绘制完成了新中国成立后西藏的第一代完整地图。1982 年，中央军委授予他们"丈量世界屋脊的英雄测绘大队"荣誉称号。

此文为该大队获得此荣誉称号 20 周年所作。

2002 年 12 月 12 日

青春守边关

去过那么多次西藏，却从没去过大名鼎鼎的樟木，这让我一直有个心结。有一回已经走到半路了，又因为车子坏了没去成。也许我和樟木的缘分深埋在岁月里，不到今天就无法显现。

樟木是中尼边境的一个小镇，也是个历史悠久的通商口岸。海拔只有 2300 米，青山绿水，完全不像在高原地区。所以，当我从海拔 4900 米的日喀则，再翻越海拔 5280 米的加错拉山抵达樟木时，我的呼吸立即就顺畅了，脑子也清醒了。

难怪樟木边防连的最高长官跟我说，我们在这里很幸福。他说的幸福，是相对于他原来所在的岗巴边防营，那里海拔 4700 米，完全是一个不宜人类生存的世界。

这位最高长官，就是"八〇后"指导员曹德锋。

曹德锋长了一张娃娃脸，说话总是带着笑意。西藏的紫外线没让他变黑，但他已经有了"红二团"。虽然从军龄上说我是老兵他是新兵，但就进藏的时间而言，他可是地道的"老西藏"，已经15年了。我问，你是八几年出生的？他看我拿个本子在做笔记，就说，我是八二年出生的，但你就写八一年吧。我问为什么？他说当兵的时候年龄不够，自己改大了一岁，档案上现在都是八一年了。

在后来的采访中，我又遇到两个为了当兵把年龄改大的军人，想想那些为了当官把年龄改小甚至小到比弟妹都小的人，真会觉得这人和人之间，竟有那么大不同。

如此，曹德锋是17岁入伍的，而且是背着父母偷了户口本去报名的，而且是主动要求到西藏部队的。那是1999年。说到动机很简单，一是他三叔是军人，挺拔的军姿给了他很多向往；二是家里困难，当兵可以给父母减轻负担。当武装部把通知发到他家时，他父母大吃一惊。父亲很生气，母亲却开明地说，去吧，男孩子，闯闯也好。

可是这个"闯"，却非同一般。在日喀则新兵营训练的三个月，曹德锋苦到哭鼻子了，给父母打电话时哽咽得说不出话来。住土坯房，高寒缺氧，这些都不够列入苦的名册。每天顶着风沙训练，摸爬滚打，也是应该的。要命的是，曹德锋的胳膊和膝盖都受了伤，依然得一瘸一拐地参加训练，怕老兵骂他装病。后来胳膊上的伤口化脓感染，血水渗透了棉袄，才得以去卫生队包扎。

曹德锋伸出他的双手给我看，每个指头的关节都偏大。他说，这是长期在沙砾地上做俯卧撑做的，变形了，恢复不到以前了。

这么苦了三个月之后，甘也没来，新兵训练结束，曹德锋直接被分配到日喀则海拔最高的边防营：岗巴边防营。驻地海拔 4700 米，是一个我去了绝对睡不着觉的地方。由于文化程度高，人机灵，他被选中当了通讯员兼文书。第二年便申请考军校，去了分区举办的文化补习班（相当于高考班），渴望着通过读军校改变命运。

曹德锋在补习班的学习成绩名列前茅，对于考上军校信心满满。但是，挫折再次降临。组织上忽然发现，他的档案"有问题"。原来，当兵体检的时候，一个医生给他填体检表，把学历写成了初中，曹德锋看到了及时纠正说，我是高中。那位填表的医生满不在乎地随手将"初中"二字涂掉，改成"高中"。就是这么一涂，变成了"档案有问题"。因为，组织上有理由怀疑是他自己改的。

负责补习班的干部很同情他，说给你三天时间吧，你打电话让家里想办法去改过来。曹德锋苦笑着跟我说：我上哪里去想办法？我父母都是农民，我一个当官的也不认识。而且，那个时候通信联络也非常不便，打电话找个人都难。他只好眼睁睁地错过了高考，打起背包回到连队。

听到这里，我真是觉得又心酸又生气，那个可恨的医生，真可谓误人终生啊！一个人的命运，往往不经意地被另一个陌生人掌握着。曹德锋很生气，却没有气馁，于当年年底申请改为了士官。他说他吃了那么多苦，当两年兵就回家，不甘心。

其实曹德锋不甘心的，不仅仅是当两年兵就回家这一点。

成为士官的曹德锋，开始进行他人生的第二场战役，即成为一名军官。既然通过考军校成为军官的路，被档案上一个潦草的涂改堵死了，那他就走另一条路：从战士直接提干。

这条路非常艰难，不亚于攀登珠峰。有几个硬杠杠是必须满足的：入党，当班长，立两个三等功，加上民主评议。曹德锋开始默默地一关一关地过，一场战役一场战役地打。这个农民的儿子，没有任何背景，也没有任何人生导师的指引，全凭一股子本能，开始了"攻坚战"。当兵第三年，他被调到生产营任司务长（相当于班长），连队的生产建设在他的努力下一举成为先进典型，他立了一次三等功，并且入了党。接下来，他代理排长，管理有方，工作成绩突出，再立一个三等功。这期间的艰辛和努力，我这一百来个字远远不能表达其中的万分之一。钢铁是怎样炼成的？那本书也许可以替他表达一下。

2005 年，曹德锋作为优秀班长，终于直接从战士提干了，整个分区就四名。他终于打赢了这场他主动发起进攻的"战役"。接下来他一鼓作气，在昆明陆军学院继续战斗。刚进校时，他属于"差生"，身体和体能都赶不上那些野战军来的学员。他就每天晚上晚点名之后，约上两个同是西藏部队的学员到操场上去"加班"锻炼。一个学期后就赶了上去，无论是体能，还是各科成绩，都进入中上，并当上了排长。

曹德锋笑眯眯地对我说，当兵十几年，我的体会是，要敢想敢干。认定的事，就全力以赴。像战士提干这件事，我有好几个战友都符合条件，但他们都放弃了，觉得太难。我就是不愿意放弃，一直努力，一直努力。

我笑道，你像许三多。

他说，我没有退路。

提干后的曹德锋，故事还很多。比如在岗巴，他在"反蚕食斗争"中表现出色，立了功，被提为副指导员。我问他，"反蚕食斗争"都有哪些具体的事儿呢？他就简单说了些情况，并熟练地背出一些斗争原则。但当我再具体追问时，他竟很老练地说，这个不便多说。

哦，我就知趣地不再问了，把话题转移到了男婚女嫁上。不想这竟让他滔滔不绝，原来他找对象结婚的故事，比"反蚕食斗争"还要复杂，一波三折，曲折漫长。

曹德锋是家里的长子，他还有个弟弟，也学着他的样儿当兵去了，在遥远的新疆。作为长子，一过 25 岁，婚姻大事便成了父母挂在嘴边的"阶级斗争"：天天讲，月月讲，年年讲。当然，曹德锋自己也是当回事儿的，2008 年，他将此事正式列入计划。

他是个做事有条有理的年轻人。

所谓列入计划，就是尽最大努力去找对象；所谓尽最大努力，就是不管是他自己认识的还是别人介绍的，但凡有点儿可能性的女青年他都去见。这么一努力，他见过的女青年已经多到记不清具体数字了，没有三位数，至少有两位数，两位大数。

再换一个角度说，从 2008 年到 2010 年，三年期间，为了找对象，曹德锋先后去过湖南、湖北、广西、四川、重庆……

曹德锋是陕西汉中人。如此，他差不多把陕西周边的省市都跑遍了，汉中周边的地区更是跑了多处。

看到我惊讶地张大了嘴，曹德锋不好意思地笑着说，平日里攒的那点儿钱，全花在路上了。

我说，有这么难吗？

因为在我看来，曹德锋应该算个帅小伙儿，属于北方男人里比较清秀的那种。人又聪明，文化不低，青年军官，不抽烟不喝酒，没有任何恶习。除了家里不富裕，样样都很好啊！

曹德锋摇头说，太难了，太难了。现在女孩子都挺娇气的，一听说我在西藏，不能陪在身边，马上就不愿意了。我们西藏官兵，婚姻问题太难解决了，有些结了婚又离了。

曹德锋的叹息，让我想起在他之前我采访过的年轻士官吴昊。吴昊为了找对象，还采用了小小的"战术"。

吴昊也是驻守在樟木的军人。

他是贵州凯里人，1990 年生。虽说是"九〇后"，也进入第二个本命年了。当我问及他是否有女朋友时，他很高兴地告诉我他已经有了，是个护士，苗族。我说你厉害嘛。他连连说，也很不易啊，很曲折。

原来，吴昊在一次年轻人聚会时，邂逅了年轻美丽的苗族女护士，就动心了，就想追人家。可女护士觉得他太青涩了，当即婉拒。吴昊很沮丧。过了一段时间，吴昊跟班上一男同学聊天，让对方给他介绍个对象。那男同学就答应了，很快给他介绍了一个。吴昊一看照片，正是那个他喜欢的苗族女护士！竟有这么巧！原来他同学和女护士是一个寨子的老乡。

吴昊很担心再次被拒，就动了下脑子，先不拆穿他们曾经认识而且他曾经被她拒绝这一层，只和女护士通过电话和短信交往，在交往中慢慢地展示自己的优点，让女护士了解自己、信任自己、欣赏自己。其中也包括把西藏描绘成美丽的天堂，他在天堂为祖国站岗。

果然，在交往两个月后，吴昊用他的真诚和聪明，征服了这个女孩儿，女护士答应探亲的时候与他见面。见了面，女护士才知道他就是那个她曾经拒绝过的男生。但此时芳心已动，只能"既往不咎"。吴昊继续施展他的魅力，将芳心牢牢抓住。

我问，那现在关系稳定了吗？

吴昊迟疑了一下说，算是稳定吧。去年探家正碰上我生日，她给我买了蛋糕，我们一起过的。然后还骑自行车去游了花溪，很开心。现在我们每天通电话，一个月要花两三百块钱的电话费。毕竟不在一起，离得那么远，她还是会时常抱怨的。

她抱怨的时候你怎么办？我问。

吴昊说，我就不停地安慰她，不停地许愿，请求她理解。刚开始还管用，时间长了，她听腻了，就有点儿不管用了。特别是有时候，我执行任务回来，特别累，她问我干什么去了我又不能说，她就生气，我也没心情哄她。不过站在她的角度想，我也很理解，她也付出了很多。女孩子本来就特别需要陪伴，需要安全感。所以我打算下次探亲，先跟她把婚事办了，让她心里踏实，我也踏实。

我知道对吴昊来说，组建一个家庭是多么重要，因为他太需要亲情了。在他不到 3 岁的时候，母亲就离开了他，在他当兵那年，父亲又病故了，他唯一的亲人就是他的奶奶。

吴昊虽然是一级士官，但已经当了班长，各方面表现都很出色。我问他打算在部队干多久，他说现在还在纠结呢，一方面想回去陪家人，一方面又舍不得离开连队。

我非常理解他的纠结。对他来说，找到一个对象不是件容易的事。

在边关，在樟木连队，像吴昊这样优秀的士官，没有对象的比比皆是。他们都是非常好的青年，却"藏在深山无人识"。

比如 1988 年出生的徐波，就没有对象。他已是三级士官，老班长了。所以他跟我聊得最多的是工作，巡逻、潜伏，执行急难险重的任务等。言语中充满了自豪感。

他们连队所担负的巡逻线共有 7 个界碑，他全部都到过。其中最艰辛的 54 号界碑他去过 10 次。最远的 57 号界碑，在海拔 5300 米的雪山上，他说去 57 号界碑巡逻，必须是军事素质特别强的战士，因为要经过原始森林，完全没有路可走，要一路走，一路用砍刀开路，非常艰难。有一次，有个头回参加巡逻的新兵，走到半路因为体力透支脱水了，晕倒在路上，完全不能再走。他们几个战友就轮流背着他，坚持完成了巡逻任务。这成了徐波最深刻也是最骄傲的记忆。

徐波说，无论怎样艰苦，每当走到边境线上，站在界碑旁进行主权宣誓时，我和战友们，总是充满了自豪感。

这种自豪感一直延续到探家，延续到跟同学、朋友一起聚会。有时候同学会说，回来吧，边疆有什么好待的，回来和我们一起干。他总是微笑着摇头。

他说我舍不得走，我在部队学到了很多。

我问，学到了什么？

他说，独立生活能力，吃苦能力，遇到困难决不妥协的能力，还有，一个健康良好的心态。

是吗？我问，你感觉自己的心态比他们好？

当然，徐波说。我的一些同学，在一起总是发牢骚，抱怨，很不快乐。相比之下我就很充实，很愉快。真的，我们连队是个大家庭，战友们都像亲兄弟一样。每到年底老兵退伍的时候，我心里都空落落的，看到战友们哭成一片都不敢走近。我班里曾经有个兵，刚当兵时吊儿郎当，后来改变很大。走的时候他抱着我痛哭，到现在还经常打电话，说后悔离开了部队。

当我问起找对象这个问题时，徐波告诉我，他谈过女朋友的，而且谈了两三个，但后来都吹了。有时候在一起好好的，等他回到连队没多久，女方就提出了分手。

但徐波很宽容地对我说，我一点儿也不怪她们，因为找我们这样的男人做丈夫，是需要很大勇气的。我就亲眼看到过一个家属来探亲的样子，太艰辛了，让人看着都想哭。

他说的，是他的老班长的妻子。

某一年阳春三月，老班长的新婚妻子从四川进藏探亲，她请了两个月的假，想好好跟丈夫聚一聚。不料一到拉萨，她就被剧烈的高原反应击倒了，住院整整一个星期。这就耗去了 7 天。出院后从拉萨到日喀则，又走了 3 天，加起来就耗去了 10 天。

哪知当她好不容易从日喀则坐长途车到聂拉木时，遭遇了罕见的春天的暴风雪。大雪整整下了 6 天，去樟木的路彻底中断。她就在那个荒凉偏僻的小镇上，独自住了半个月。直到四月份道路开通，她才抵达樟木。那时离她出发的日子，已经过去了整整一个月。

我无法想象，如果是我，一个人在那个偏僻的、举目无亲的、高寒缺氧的小镇上住半个月，会是什么感觉？绝望？伤心？抱怨？还是愤而离去，打道回府？

所以当我听到这里时，一个劲儿追问徐波：那这次探亲有没有影响她和你们班长的感情？她见到你们班长时哭了吗，抱怨了吗？

徐波说，没有。她到我们连队时，我们都跑到门口去迎接她，她见到我们时只说了一句，你们太不容易了。

在我常常自认为很坚强的时候，总会有人让我自惭形秽。

最后，这个历经千辛万苦抵达樟木的妻子，只在樟木待了 20 天，留下一周花在返回的路程上，就告别了丈夫。

徐波说，我一想到班长的妻子，就觉得军嫂太不容易了。

我们再说回到曹德锋。

我发现曹德锋这个樟木边防连最高长官，真的是"日理万机"。我说这话丝毫没有讽刺的意思，因为在我们聊天的两个小时里，他起码接了 5 个工作电话。连长探家了，他不能不统管全局。

曹德锋放好电话，接着跟我讲，当他把解决婚姻大事列入他的人生计划时，他已经 27 岁了。但经过 3 年的努力毫无成果，转眼就 30 岁了。他着急，父母更着急。他想，看来必须再打一场"攻坚战"了。

2011 年曹德锋回陕西探亲，这一次的重点，是一位广西的女老师。他和这位老师已经隔空"神聊"数月了，每个月光是短信都三四百条。彼此感觉都不错，有了一定的感情基础。商量好了见面的时间后，曹德锋就买了车票去广西。哪知因事情耽误没赶上火车，他只好改签下一班。

在西安的这一晚上，他的命运发生了重大变化。先是他的一个远房亲戚打电话给他，说曾经给他介绍过的那个女孩儿从江西回来了，问他见不见。他刚说暂时不见，这边就接到了广西那个女老师的电话，说她弟弟出了车祸，很严重，全家都在医院，没心思会面了。她还跟他视频了几分钟，以证实自己没有骗他。至于推到什么时候再见，也没有明示。

仿佛有一只手，在重新安排曹德锋的命运。当时的他又沮丧又茫然。走到一半的相亲路又断了。好在还没有上火车，他就从西安返回汉中了。

此时假期已过去一半，曹德锋不得不整理好心情，打起精神，去见远房亲戚说的那个在江西工作的本地女孩儿。曹德锋想，管他呢，见一面再说。

也许是老天开眼，也许是水到渠成，曹德锋和女孩儿一见之下彼此都有好感。曹德锋的那股劲儿又上来了，只要是他认定的事，一定全力以赴。他加紧展开攻势，利用剩下的半个月假期穷追猛打，终于说服那个女孩儿跟他一起进藏，然后，嫁给他。

如今，他们的宝贝儿子已经两岁多了。

离开樟木时，我很想替那些优秀的青年军人们大喊一声：姑娘们，我在边关，你在哪里？

2014 年 5 月西藏归来

吟唱高原

何海斌斜斜地靠在越野车旁，跟几个走过他身边的藏族小学生打招呼，逗他们，小学生也嘻嘻哈哈地反过来逗他。我一眼看见，心里一动：如果不是那身衣服，他可真像个土生土长的西藏人。黑黝黝的脸庞，加上一副自在的神情。

何海斌是拉孜县人民武装部政委，上校军官。他的另一个身份是我们《西南军事文学》的作者，是军旅诗人。所以，当我去往西藏边防的路上发生严重高反，被同行的三位坚决阻止继续往前走时，他立即说他来接我回去。

所谓"往前走"，就是去海拔更高的边防团；所谓"回去"，就是返回日喀则。我自然是服从了。虽然半途而废有点儿没面子，但面子比起性命总是次要的。

一旦做出决定，何海斌便以军人的果断和迅速出现在了我的面前，370公里的天路他仅开车跑了4个小时，令我十分感动；但同时，他又以军人少有的絮叨陪了我一路。每当我因为缺氧昏昏欲睡时，他总会把我喊醒，山山老师我跟你说嘛。或者问我，山山老师你看过某本书没有？我有点儿恼火，又有点儿心酸。在西藏，尤其在武装部，寂寞是最大的敌人。偌大一个院子，只有几个人影在晃动，一天到晚说不了几句话，好不容易逮到一个可以聊天的，还不可劲儿聊？

何海斌算是个帅哥，一米七八的个子，端端正正的模样，练过武术又站过军姿的身板，很挺拔，加上黑黝黝的脸庞。这样一个帅哥军官是个话痨，你一定想不通，觉得他应该像高仓健那样不正眼看人，领子竖起来，默默望向雪山才对。

但是没有。他就是不停地说话，讲西藏的风土人情，讲边防上的大小事，讲他读过的书看过的电视，甚至讲一些我根本听不清楚的话语，不知其中有没有他写过的那些诗？

朋友告诉我

高原的阳光可以

装入小小的移动硬盘

打开电脑

在咖啡与音乐下

自由与甜蜜地回忆?

我却喜欢

用自己的方式抚摸

高原阳光

喜欢阳光下酽酽的酥油茶

和雪山下艳艳的风马旗

　　原诗发表在我们刊物上，很长，叫《高原的阳光》，这是开头几句。从这几句里，你能感受到何海斌与高原非同一般的感情。他不善于口头表达，但他把他对高原的深厚情谊，都写进了诗里。

　　而我，已被高原反应折磨得完全没有了诗意。无论何海斌说什么，我都只能是有一搭没一搭地应着，无法与他对谈。我感觉很对不住他，却也无奈。

我们的线路是这样的：从樟木出发，经聂拉木、岗萨、定日、拉孜，最终到日喀则。定日是中间站，我们便停下来吃午饭。当时已经是下午两点多了，我很饿。

定日海拔 4300 米，是去往珠峰必经的县。换句话说，珠峰就在定日县境内。所以定日的旅游口号是：到定日看珠峰。定日又分"老定日"和"新定日"，前面我们经过的岗萨，就是老定日。

对于老定日岗萨，我有着极为深刻的记忆。

早在 20 世纪 80 年代我第一次进藏时，就和另外三位作家一起到过定日。那次我们坐了辆老旧的北京吉普想去樟木，走到岗萨时轮胎爆了，我们便在老定日唯一一家修车店补胎。等补好了轮胎，师傅告知我们没电充气。他扔了个打气筒给我们，让我们自己打。于是在海拔 4000 多米的地方，我们开始玩儿酷，用自行车打气筒给汽车轮胎打气。我们五个人是这样分工的，男的每人打 100 下，女的每人打 50 下。凭我们的几双手，还真把轮胎气给打足了。年轻真是好，我吭哧吭哧打了 50 下一点儿事儿没有。不过等我们继续前行时，更多的问题出现了，水箱漏水，发动机故障……我们只好打道回府。于是，樟木这个著名的边境口岸，我在迟到 25 年后的今天才得以抵达。

我把这个故事讲给何海斌听，他哈哈大笑说，我当时要是在，一定不让你打。我说，你那时候在哪儿？读中学吧？他说，是，我 1992 年才进大学。

当兵前的何海斌是大学体育系学生，专攻武术。为什么要学武术？是因为小时候他和弟弟经常被人欺负。为什么被人欺负？是因为外公和爷爷都"出身不好"。但这个体育生却非常热爱文字，一进大学就加入了新闻写作社团。在那个社团里，他学到了很多东西，以至于入伍后大大派上了用场。

1995 年，即将大学毕业的何海斌，赶上了西藏部队去学校招收军官的机会，他立即报名，过五关斩六将，穿上了军装，来到高原。在教导队集训三个月后就当上了排长。因为思乡，他在笔记本上写了些关于边关和故乡的短句子，被领导无意中瞥见，立马作为写作人才，弄去当宣传干事了。

我们来看看何海斌的长短句吧！

一本军旅作家的诗集

是属于哨所的

静静地搁置在窗台

封面已悄然剥落

也不知曾被多少人轻轻翻阅？

……

我深知钢铁般的兄弟

以诗人的浪漫

坚守了一个冬季的寂寞

摘抄的诗页

是否已寄给　远方的她？

　　在哨所坚守的日子，他写下了很多这样的诗句。这些诗不仅陪伴着他熬过那些艰苦寂寞的日子，也陪伴着他的兄弟们熬过一整个冬天都困在雪山的、单调到发疯的日子。

很多人以为

我们属于寂寞的人群

荒凉的戈壁

飘动的风马旗

偶尔出现的羚羊

是我们全部的记忆？

……

寂寞　孤单与孤独

是世人给予我们的另类解读

忠诚　国家与责任

才是我们作为军人的全部

静，天下太平美满和谐

动，雷霆万钧气吞山河

——摘自何海斌诗《极地的爱恋》

　　他当了两年干事，又回连队当指导员，又上机关当股长，又回营里当教导员，又到机关当科长，上上下下，始终都在艰苦的日喀则，那张黝黑黝黑的脸就是明证。樟木的"八○后"指导员曹德锋，就曾经是他的部下。所以，关于"反蚕食斗争"，何海斌也有很多事迹，立过二等功。

　　可是，等我们在拉孜人民武装部面对面坐下时，他居然木讷得要命，啥也说不出来，路上的那个话痨不知哪儿去了。

我启发他：你在岗巴待了三年，岗巴是出了名的艰苦，海拔 4700 米，我在那儿就一个晚上都睡不着，头疼欲裂，你待那么长时间，还要执行任务，就没什么记忆特别深刻的事情吗？

他说，没什么啊，就是那些事，工作，训练，写稿子，上课，没有什么特别的。

我继续启发他：你好好想想，你去了那么多次一线哨所，就没有比较特别的记忆吗？

他想了半天，居然给我讲了一件让我哭笑不得的事。他说，他刚当兵没多久，在教导队参加集训，条件特别艰苦，一个月都洗不上澡。后来实在太难受了，就和几个战友提着水桶，跑到猪圈里去冲了个澡。哈哈，这个事印象特别深。

何海斌咧开嘴笑起来，见我错愕，连忙补充一句：那个猪圈是个废弃的空猪圈。

我只好回家查资料，一查还真查到了，关于他的事迹，很多。

何海斌在岗巴边防营任教导员期间，正是边境斗争比较复杂激烈的时期，所以他光是带队巡逻就有

150 多次，行程近 20000 公里。（也许是次数太多了他感觉很平常?）那不是一般的巡逻，是要面对复杂局势，随时准备展开有理有节斗争的巡逻。

也许何海斌也跟曹德锋一样，认为不便细说所以不说。我们就说说荣誉吧！2010 年岗巴边防营被评为全国边海防工作先进单位，何海斌代表全营去人民大会堂参加了颁奖大会，并做了发言。何海斌的发言受到了与会者的高度赞扬，随即应邀到外交部做了一次辅导报告。他是第一个给外交部做辅导报告的边防军人。

这样荣耀的事，何海斌居然想不起来主动告诉我，还得我自己去调查，去追问。这实在不像是一个教导员、一个政委、一个话痨的失误。

我嗔怪他，他嘿嘿笑道，我没想起来。

行万里路的同时读万卷书，何海斌的阅读量很大，凡是关于西藏的、关于军事的书都喜欢读，由此带动了整个岗巴边防营。他们营党委是全军先进基层组织，是原成都军区命名的"岗巴爱国模范奉献营"，他本人还是西藏军区的优秀党员，立过一个二等功、三个三等功。

真如戏曲里唱的：是一个好呀么好青年！

接着说路途上的事儿。我们在定日一家四川人开的饭馆吃了午饭，准备再上路时，我忽然就看到了这篇文章开头所描述的画面：何海斌斜靠在越野车旁，一边等我，一边逗路过的孩子。黑黝黝的面庞和自在的笑容，在一瞬间打动了我。

我们再次翻越嘉措拉雪山。怕我有高原反应，过山顶时没停车。何海斌按当地藏民的习惯大喊了几嗓子：哦哟哟哟！表示跟山神打招呼：我们路过此地了，请多多关照！

那一刻，我有些感动。

下山后，何海斌让驾驶员停车，说要到江边去捡石头。此建议甚合我意。每次到西藏或云南出差，我总会捡几块石头带回家。眼下家里已经养了好几盆石头了。我昏头昏脑地跟他下车，顶着烈日跑到江边。东翻翻西翻翻，虽然没捡到宝石，还是捡了几块花纹特别的来自珠峰脚下的石头。

由此可见，热爱文学的军官确实不一样。

到达拉孜是下午四点半，我记得很清楚。因为一进城，何海斌就把我扔在拉孜街头一家宾馆里，很随意地说，你睡两个小时，我六点半来叫你吃晚饭。

此建议跟捡石头一样合我心意。我实在太疲倦了，眼睛都睁不开了。可是，在宾馆的那两个小时，我却一分钟都没睡着。拉孜的海拔并不高，我看了一下手机上的海拔表，仅 4050 米。照理说应该能睡的，我在海拔 4700 米的地方都睡过。可是，当我一头倒在宾馆床上想好好睡一觉时，却一次次地被憋醒，每次都是刚刚迷糊，一口气就上不来了，必须做深呼吸才行。

我有点儿紧张，这样的状况以前从没出现过。于是当何海斌六点半来接我时，我就告诉他，我憋闷得厉害，喘不上气。我说了两遍，希望他也紧张起来，然后说：那咱们直接去日喀则吧。

日喀则海拔不到 3900 米，比拉孜低 200 米左右。在西藏，一两百米的海拔差距，人的感受会有很大不同。何况拉孜距日喀则，仅 160 公里，而且无须翻山。可是，何海斌同志对我的话丝毫没有在意，他说，没事儿，吸吸氧就好了。

人就是这样，当没人在意你时你自然就坚强了。如果他惊慌失措，我肯定马上躺倒。

果然一夜无事。第二天，何海斌带我浏览拉孜，他大步流星地走在前面，仿佛身后跟着的不是内地来的中年妇女，而是个西藏小战士。也许是我的一身迷彩服所致？我紧紧跟着他，同时被紫外线热烈地拥抱着。西藏的紫外线不是从天上来的，而是从四面八方来的，其中也包括从地面反射上来的，所以你戴草帽打伞，都白搭。

忽然，我看到了蓝天上的月亮，上午十点的月亮。在西藏，几乎每天都能见到日月同辉的景象，这样的景象总是在提醒你，这里真的是西藏，是世界屋脊，是神秘高原。

虽然我已见惯不惊，但还是很想说一句：有许多被诗意描述过的地方，去了就会失望，但西藏却不会。因为它的诗意是与日月并存的，渗透在每一寸土地里，每一寸空气里。正如何海斌所写的那样：

站在高原，你会情不自禁地爱上这里的山山水水。山，把灵魂托举得更高；水，让你明白什么是纯洁……经幡飘动的时候，我能看见风的笑靥，它在传递着吉祥与祝福；变幻的云朵，如梦想飘过，书写在日月同辉的苍穹。

——摘自何海斌散文《风过高原》

晚饭我勉强吃了几口，就昏头昏脑地去了拉孜人民武装部，例行公事地参观了他们的荣誉室、图书室和办公室，最后才得以坐下来吸氧。何海斌抱来了氧气瓶，却不会操作，最后还是一个战士搞定的。我吸上氧，心里踏实了。

其实何海斌有蛮多烦心事，只是他不习惯叫苦。他的妻子去年被查出甲状腺肿瘤，还是恶性的。他休假两个月，回去陪妻子住院做了手术，并精心服侍照料。他很乐观地告诉我，手术很成功，现在妻子的情况很好。

那天我在他房间聊天，正为他的木讷生气时，通讯员忽然送来一堆邮件，其中就有何海斌的一个快递。他笑眯眯地打开，拿出来给我看：瞧，我老婆给我买的红枣和核桃。

那一刻，我的心跟红枣一样。

眷恋的云朵

如你婀娜的舞姿

拉长成相思的季节

寂寞的哨所

火热的等待

你那飘逸的长发

回眸后的浅笑

真想为你

盘起一生的爱恋

——摘自何海斌诗《极地的爱恋》

2014 年 5 月西藏归来

守望 318 国道

拉孜这个地名很有乐感，它的藏语意思是"太阳照耀的地方"。不过在我看来，西藏哪一处都是太阳照耀的地方，你想不照都不行，强烈的太阳光从早上八九点开始，一直照耀到晚上八九点。即使是晚上八九点开车上路，如果向西走也必须戴墨镜，否则眼睛会被强烈的夕阳光线刺得睁不开。

何海斌带我来到拉孜县人民武装部。那是他工作的地方。

拉孜人民武装部是个漂亮的四合院，一座朴素的两层灰砖楼是办公楼，也是全院的最高建筑。楼前，一面鲜红的五星红旗高高飘扬着，在蓝天映衬下显得格外鲜艳。另外三面是平房，分别是仓库、车库、宿舍。院子里花草树木茂盛。那一排油亮油亮的杨树，那两棵高大的开着白花的苹果树，还有那一排开着粉花的李子树，都让我着迷。我耗去不少时间给它们拍照，然后发在微信朋友圈里，立即有朋友惊呼，这是他们见到的最美的人民武装部。

拍够了照片，我再次来到何海斌的房间坐下，他烧水，为我泡了一壶香浓的云南滇红。我刚喝了两口，屋子里就进来一个结结实实的汉子，一张脸极为充分地体现着西藏紫外线的威力，黑而亮。他笑眯眯地说：裘老师你好，我叫周联合。

原来，他就是拉孜人民武装部的周部长。

何海斌曾告诉我，他跟周联合是非常要好的兄弟，他们有太多的一致：同是"70后"，同是南充人，同是性情中人。最最重要的是，同是文学青年！他们都喜欢读书，喜欢写作，尤其喜欢写诗，所以他俩在一起工作，那真是心往一处想，劲儿往一处使，不摆了。在他俩的共同努力下，拉孜县人民武装部先后被评为"西藏军区征兵工作先进单位""西藏军区先进旅团单位"。

老实说，我采访过那么多部队，还是第一次碰到这样的搭档。

不过，当我和周联合握手时，注意到他的手腕上戴了一串木珠，这让我对他的第一印象不太好：一个当兵的，戴那东西干吗？本来我对武装部的干部就有偏见，感觉他们比较散漫，不是"正规军"——虽然这偏见毫无道理，因为所有的武装部干部都来自正规军。

可是，接下来的事，又让我受到了一次"人不可貌相"的教育。

周联合的身材没有何海斌那么挺拔，壮壮的，脸上笑眯眯的，像尊黑色如来佛。我马上注意到他的嘴角有一道明显的疤痕，就问，你嘴上的疤是到西藏落下的吗？

其实我问的时候，完全是没话找话的心态，所以他回答的时候，也是一副闲聊的口吻：

是的。我当班长那年，有一次执行任务，遇到了歹徒，居然冲过来夺枪！我马上就跟他们拼命。老子心头想，我兄弟四个，就是"光荣"了，爹妈也有人养。结果就挨了这一刀。

用那句网络流行语说，当时我就震惊了。

我追问，后来呢？

后来当然是把他们制服了。

那你呢？

我被送到医院缝针呗。医生打麻药之前我就问，你这麻药会不会影响面部神经？医生说，会有一点儿。我说，那就别打麻药。结果把老子痛惨了！里面缝了12针，外面还缝了8针。

周联合因此立了三等功，然后保送到军校读书（其实他挺会读书的，高考时离录取线只差5分）。军校毕业后提干，从排长，到连长，一直干到营长，始终是个带兵的军事干部，也始终在正规军干。直到两年前，他才来到拉孜人民武装部。但他那颗职业军人的心始终揣着，成天看书、看地图，研究军事斗争形势、战略战术。跟我交谈的半个小时里，就从国际形势一直谈到周边环境，谈到西藏稳定，谈到"反蚕食斗争"，滔滔不绝，甚至还几次引用了古诗词：大风起兮云飞扬、风萧萧兮易水寒、醉卧沙场君莫笑……

原来，这是个有着浓重英雄情结的军人，和手腕上的木珠毫无关系。他曾有两次机会进机关工作，他都自己放弃了。他说，我喜欢和兄弟们在一起的感觉，不喜欢虚头巴脑的事儿。

短短几句话，就让我对他产生了浓厚的兴趣，于是我把采访重心，从何海斌转移到了他身上。

周联合比何海斌大两岁，入伍也早几年。他是从战士提干的，大部分的军旅生涯，都是在连队摸爬滚打，因此气质上的确比何海斌多了几分行伍之气。说起当兵的经历，周联合眉飞色舞、笑容满面，仿佛他进藏这二十多年来，始终过着幸福美满的生活，或者说，他是那么喜欢这样的生活。

当然，作为一个成熟的有头脑的男人，他肯定也看到了很多问题，有很多的不满和看不惯，但他不喜欢发牢骚，他说发牢骚没用，还不如自己好好干。

他坦率地说，像我这样的人，家在农村，没有任何背景，又不善于拍马屁，只能踏踏实实工作才有出路。可以说，当兵二十多年，我完全是靠自己硬干硬拼走过来的，每一步都付出了艰辛的努力。

当说到他为何能坚持无怨无悔踏踏实实的努力，周联合忽然动了感情。他说，有一个人在他的军旅生涯中对他产生了极大的影响。

"他就是我们团原参谋长和洪亮，我很敬佩他。记得是 1996 年年底，和洪亮从军区兵种处到我们舟桥营来蹲点。那时我是排长，一直在积极协助连里做好老兵退伍工作。也许他发现我还可以写点儿东西，老兵走后的一个晚上，他叫我帮他写个蹲点工作总结（后来我才知道，其实他挺能写的，是故意考察我）。当时没有电脑，全靠手写。我写好后，感觉自己的字不太好看，就让连队文书帮我抄了一遍，然后送到营部给和洪亮。营部和我们连虽然只有 100 多米的距离，但因为是冬天，非常冷。可是我送去后，他又提出了修改意见，让我拿回去再改。我改了以后送去，他又让我改。整整一个晚上，我跑了 7 个来回。

"天都快亮了，最后一次了，和洪亮参谋长才对我说：其实材料早就过关了，我就是想考察一下你，看你到底有多大的忍耐力。你合格了小伙子，我看好你，愿意认你作学生。

"我当时很激动，因为我一直很佩服他。他的军政素质都特别过硬，上过国防大学，还参加过国庆大阅兵。

"后来他到我们团来任参谋长了。每次去团里，我都要去他家里或者办公室聆听他的教诲，他也很用心地培养我，从方方面面带我、指点我。我的每一点进步，都得到他的很大鼓励。2005 年，我被任命为副营长，但他却病倒了，因脑瘤住进了西藏军区总医院。我去医院看他，心里特别难受。他却安慰我说，没事，莫急，要干好本职工作。

"记得他转院去成都的那天，我们全营列队在公路边给他送行，我眼里满含热泪，他也双目湿润，我们两个男人的双手紧紧地握在一起。最后他对我说的还是那句老话：要踏踏实实地干好本职工作。

"这一去，就成了永别……

"这么多年了，我始终记得他对我说的话，干好本职工作，脚踏实地才能有出路。"

看看周联合的简历，就不难看出，他的确是脚踏实地走过每一步的：周联合，1970 年 12 月出生，1989 年入伍，历任西藏军区工兵某团战士、班长、排长、副连长、连长、副营长、营长……

的确，一个人对一个人的影响，有时只需一两件事，或者一两句话。

我从周联合身上，看到了一个优秀军人的影子。我在心里，默默地向另一个世界的和洪亮致敬。

正午，我们一起走出房间，阳光热烈到让人受不了。我往树荫下躲，周联合却站在白热化的中间地带，脸上滋滋冒汗。他指着眼前一座不长一棵树一棵草的山对我说，我觉得我们男人就应该像这座山一样，坦坦荡荡，毫无遮掩。

我有些意外。对我来说，没有树的山都很难让人喜欢。

周联合却赋予了它如此的诗意。

走出人民武装部大门，街上行人极少。一条笔直的路，通向远处另一座光秃秃的赤诚坦荡的山。他忽然说，我这四十多年，都是走在 318 国道上的。

哦，怎么讲？我好奇。

他说，我是四川南充人，家就在 318 国道旁。当兵以后到了工兵团，数次执行任务都是在 318 国道上。现在到了拉孜，还是守着 318 国道。所以我写过一首诗，叫《我的 318 国道》。

我说，厉害，读来听听嘛！

他不好意思地笑道，写得不好。

318 国道，的确赫赫有名。我们从日喀则到樟木，再从樟木返回日喀则，都是走在 318 国道上的，一路停留过的小城小镇，如同缀在 318 国道上的珠子。但更详细的情况我就不知道了。于是回家上网查了一下资料：

318 国道是目前我国最长的国道。起点是繁华的上海人民广场，经江苏、浙江、安徽、湖北、重庆、四川、西藏，终点是聂拉木县樟木镇的友谊大桥。全长 5476 千米。因其横跨中国东中西部，囊括了平原、丘陵、盆地、高原景观，包含了江浙水乡文化、天府盆地文化、西藏人文景观，拥有从成都平原到青藏高原一路的惊、险、绝、美、雄、壮的景观，而被《中国国家地理》杂志评为"中国人的景观大道"。

相信周联合的 318 国道，也同样拥有无限风光。

当我问到今后的打算时，周联合却一声叹息：现在到了这儿，我的军人生涯算是到头了。我是为了打仗才当兵的，我经常跟我老婆说，你是军人的老婆，也要有战争的心理准备。克劳塞维茨的《战争论》里，说了十二条可能爆发战争的原因，我一一对照过，感觉我们也随时有可能面临战争。但是到了人民武装部，真的打起仗来我也不可能上一线了，唉，年纪也越来越大了，也许只能"向后转"了。

我明白他的意思，深深地为他感到惋惜，却无从安慰起。

我说，你这么喜欢西藏，以后回老家了，一定会很想念的。

他点头，若有所思地说，当我离开这片土地的时候，不知道会以什么方式，但我一定会回头多看几眼。

我的眼眶一下湿了。

按他的句式，我也想说，当我以后想起拉孜小城的时候，一定会想起这座没有一点儿绿意的山，和仰望山的周联合。

在拉孜匆匆见过后，我始终惦记着这位黑乎乎的武装部长。于是，当我得知他回老家休假时，便主动要求再见一面。周联合爽快地答应了。他跟朋友开车到成都来，约好和我们一起吃晚饭。

我连忙叫上两个创作员，希望他们也能有所收获。哪知那一顿饭，从头到尾，周联合同志讲的都是他对未来战争、对西藏建设、对军队建设的思考和看法，可谓滔滔不绝。讲到有些地方还很激动。他的情绪和话题，把我们全带进去了，结果整个饭局开成了"军队建设研讨会"。

说实话，我当时真有种错位的感觉，你想想在一家简朴的火锅店里，谈的却是顶级的国家大事，仿佛我们个个都是肩负重任的栋梁。回到家我才反应过来，这顿饭的初衷完全没有达成，由于周联合的"胸怀祖国放眼世界"，我一点儿也没采访到他的"个人事迹"。

我只好发短信给他，要他无论如何，给我讲一个他自己觉得"比较有意思的经历"，周联合只好通过邮件，发来了下面这个故事：

1998 年 11 月初，我们部队参加演习，那时我在工兵团舟桥一连当副连长。11 月初西藏已经很冷了，我们在雅鲁藏布江一号渡口开设浮桥渡场，我的工作是在对岸桥段协助连长。那个时候，正是我家属临产的时间，我因为演习无法回去。

演习开始，因为我岸桥段到位太快，对岸水流加快，我所在的前段经过几次都顶推不到位，距离太远，绳索怎么都抛不上岸。见情况紧急，我没多想，立即跳入江中。当时的距离有 20 来米，我奋力游到岸上，用力地拉绳索。我的 20 多个兵一见我游过去了，也纷纷跳入水中，和我一起齐心协力地把桥段拉到位，顺利完成了任务。

当时已是寒冬，江水刺骨，气温估计有零下 20 度，我和我的兵上岸后全身湿透，都是冰碴子，冷得瑟瑟发抖。我笑着对他们说，现在我们就像寒风中的小白杨了。大家都笑。为了取暖御寒，我们每人喝了几口江津白酒，在战壕里抱成一团。我的兵把我紧紧围在中间，他们说非常佩服我。这让我非常感动。总结时我说：干部干部，就是先干的一部分人。只有我们先干了，我们的士兵、部属才会以我们为标杆跟上。我们踏实干，他们就会踏实干，他们才会信服我们。这才是建立在良好工作关系基础上的兄弟关系。

演习结束，营长把我带上主席台，把我爱人临盆之事汇报给了当时的团政委朱永明，朱政委一听很急，连忙说，马上走，去机场，我的车送你，赶明早的飞机。我就穿着湿漉漉的迷彩服去了机场，营长叫通讯员把我的衣服送到机场……

　　回家不到两个小时，我的丫头就出生了，我给她取了个很美的名字"周丽雅"，意思是"美丽的雅鲁藏布江"。

　　我觉得周联合写的，比我写得更好。

　　那么，我就用他的《我的318国道》，来结束此文吧！

　　　　这条路

　　　　起点在上海　终点在西藏樟木

　　　　简称 G318

　　　　我说，这是我的318国道

　　　　24 年前

　　　　母亲送我走上这条路

　　　　小镇转角　她偷偷拭泪的情形

　　　　伴我走进高原

伴我孤独前行

母亲来信说：

儿啊，我们在一条路上

你在路的那头

妈在路的这头

我在心里对自己说

在这条路上　我要走好

因为母亲在看着

当我圆梦回到故土

路啊　还是这条 318 国道

只是　母亲的坟头蔓草疯长

长满我刚刚踌躇满志的心

我的泪水湿了这条路

但我依然前行

因为我知道

母亲在看着

走啊走啊

无论如何我都走不出这条路

遇到你的时候

你在这条路的那头

我在这条路的这头

在那个桂花飘香的日子

我看见了花的影子

闻到了花的芳香

我陶醉了　飘飘欲飞

于是

我走在这条路上的样子很拽

拽得无视其他的芬芳

我知道

你在看着

写于 2014 年 5 月

修改于 2015 年 3 月

高原上的一个夜晚

1997年初夏，我第二次来到日喀则陆军八医院。阳光澄澈，连土坯房都色彩鲜艳。杨树林更是生机勃勃，在风中铺张着它们的美丽，树冠绿油油的，树干是灰白色的，漂亮极了。你走近看，会发现树干上还有很多"大眼睛"。我不知道它们的学名是什么，树结疤吗？不好听，应该叫"树之眼"——它们真的像眼睛一样。

陪我前去的西藏军区创作室作家冉启培给我介绍了一位他熟悉的护士，叫高静。我当即提出当晚要跟高静一起值夜班，院领导同意了。老实说，那个时候我还没想好写什么，只是有个大概的想法，想写西藏军人，男女都写，所以想体验一下女军人的生活。

就在那天晚上，发生了一件奇事。

由于我经常进藏，并且经常在西藏部队采访，我的一位成都女友就委托了我一件事，她托我到西藏后打听一个人。这个人是她少女时代交往过的男友，后来该男友大学毕业后参军到了部队，然后到了西藏。这些年他们失去了联系，她很希望我能帮她打听到他的下落。可是除了他的名字和职业（军医），她再没提供别的信息了。

我当时想，怎么可能找到呢？西藏那么大，军人那么多，军医也那么多，我跑的地方却是有限的。所以答应归答应，我并没采取什么行动，不是不够哥们儿，是没那个能力。这回从拉萨到山南，从山南到米林，又从米林返拉萨，再从拉萨到日喀则，一路走来，一点儿与之相关的信息我也没碰到。

那天晚上9点，我就跟着外科护士高静去上夜班。高静是河北人，个子高高的，脸庞红扑扑的，健康开朗。她忙碌，我跟着看，同时和她聊天。毕竟在西藏当护士，还是有很多常人没有的见识和经历。我挺有收获。

到了夜里，她刚闲下来，走廊上忽然传来一阵嘈杂。高静职业性地跳起来冲出门外，很快就没了人影。我也跟了出去，看见医护人员簇拥着一副担架进了急救室。过了一会儿高静跑回来对我说，重伤员，要输血，我得去叫护士长。我说我和你一起去。高静说，好。我们俩拿上电筒就往外跑。

天很黑。西藏的夜晚通常都有大月亮的，偏偏这天晚上没有。我和高静互相拉扯着，深一脚浅一脚地跑出医院。路上高静告诉我，送来的是个小战士，施工时开挖土机，挖土机翻了。小战士本来可以跳下来的，但他想保机器没有跳，结果被压在了机器下面。6点受伤后，一直昏迷到现在。我问6点就受了伤，为什么现在才送来？高静说，部队离这儿太远了，100多公里的路，路况差，天黑还不能开快。

护士长是个藏族人，家就在医院外面的一所藏民院子里。高静冲着院子叫护士长，最先回应她的是狗吠，接着灯亮了。高静说，走吧，我们回去吧！我说你不等护士长出来？她说不用等，她会马上来的，她已经习惯了，经常被我们半夜叫醒。果然，我们刚回到科里，护士长卓玛就来了。卓玛一来就上了等在那里的救护车，到附近的采血点采血去了。高静告诉我，他们医院每次输血时都是现去采集，因为没有好的贮存设备。医院为此在当地建立了一个比较固定的献血人群，以备急用。

回到病房，高静开始填写那个战士的住院资料。小战士才 19 岁。我问她，谁送伤员来的？高静说，肯定是军医了。军医这个词触动了我，我说，这军医叫什么名字啊？高静说，不知道，他们吃饭去了。我暗想，不会那么巧吧？但既然遇见一个军医，总得问问，也许同一个行当的，容易了解情况。

过了很长时间，也没见人上护士办公室来。我惦记着那个受伤的小战士。高静说，你可以上手术室去看看他。我就上去了。手术室黑着灯，显然手术已经完成了。可伤员送到哪儿去了呢？我想找个人问一下，却四下无人。我一间一间病房找，终于在走廊尽头，发现一个亮着灯的房间。我走过去，一个护士正好出来，我问，今晚送来的那个受伤的小战士呢？护士说，就在这儿。我进去，见小战士躺在床上，身上插满了各种管子，输血的，输氧的，导尿的，让人看着心悸、心痛。床边还趴着一个人，一动不动，好像睡着了。

我问护士，脱离危险了吗？护士说，眼下生命危险倒是没有了，但很惨。我说，怎么，残疾了吗？她说，睾丸压碎了。是这样！他才 19 岁呀，就在突然之间改变了一生的命运。他还能遇到爱情吗？他的父母还有别的孩子吗？他醒来之后，发现这一切时，会是怎样的心境呢？我非常难过，心里堵得慌，不知说什么好。

这时一个老兵走进来。我问他，你们是哪个部队的？老兵回答了我。我随口问，你们那儿有没有一个叫T××的军医？老兵朝床边那个人努努嘴说，他就是啊！

他就是T军医？我就像小说里写的那样，瞠目结舌，吃惊地张大了嘴。老兵说，对呀，他去年调到我们卫生队的。

我真是万分惊讶，惊讶得有些心跳。这样巧合的事，是需要天意的。用我一个作家朋友的话说，是需要上帝插手的。我毫不掩饰我的惊喜，我说太巧了，我就是想找他呢！

老兵有些疑惑地看着我，我连忙主动介绍说，我的一个好朋友和你们T军医是同学，很多年没联系了，托我打听他，没想到在这儿碰上了。老兵释然了，但并不和我一起惊喜，也许他觉得这很平常。他说那好吧，等会儿他醒了我就告诉他。

他醒了？意思是我现在还不能叫醒他？我不解。老兵说，他太累了，刚才吃面的时候吃着吃着就睡着了，面都没吃完。让他再睡会儿吧！这我相信，因为在我们说话的过程中，T 军医始终没动一下，睡得很沉很沉。可是，我真想马上叫醒他，告诉他我所受之托，看看他惊喜的样子。

但我终于没叫醒他。我留下一张纸条，上面写着我的名字和大概事由，还有那位女友现在的单位和电话，就离开了。我一再嘱咐老兵，他一醒来就告诉我，我要和他说个重要的事情。

回到病房已经是凌晨 2 点了，我困得不行，连打两个哈欠，眼泪也出来了。高静在看书，好像很习惯上夜班了。她说你去睡会儿吧！我说，好，我去睡会儿，如果 T 军医来了你就叫我。高静说好的。我去了值班室的小屋，脚上暖着高静给我灌的热水输液瓶，很快进入了梦乡。一觉醒来时，走廊一阵嘈杂。我拉开灯看表，7 点了，不明白高静何以没有叫我。我连忙爬起来穿好衣服走出去，高静还坐在那里看书，好像我离开的只是一瞬间。她抬起头看见我说，怎么起来了？我还想让你多睡会儿呢！我说，那个军医呢？

他还在睡？高静说不知道，一直没来过。我觉得不对劲儿，咚咚咚地跑上楼去。

跑到那间特护室，看见受伤的小战士仍插着各种管子躺在那儿。但他身边的已不是 T 军医了，而是那个老兵。我连忙问，T 军医呢？老兵说走了，4 点走的。我大吃一惊，怎么走了呢？他不知道我要找他吗？老兵说，知道，我告诉他了。我把你的纸条给他了。我很失望，怎么会这样？早知如此我就不睡觉了。

老兵从上衣口袋里拿出一张纸条，说，喏，这是他留给你的。

我连忙接过，打开看，上面是龙飞凤舞的一行字：对不起作家，来不及和你见面了，我必须 8 点以前赶回部队，队里没其他医生了。谢谢你，我会和她联系的，也请你把我的电话和地址转给她。

后面就是他的电话和地址。

我就这样错过了一次精彩的邂逅。我放好纸条，走过去看小战士，看这个 19 岁就遭遇了重大挫折的孩子，眼泪又忍不住掉下来。不知是不是麻药的作用，此刻他的脸上毫无痛苦的表情，安详，平和，充满稚气。我心里默默为他祈祷着，然后默默地离开了病房。

太阳升起来了，天地通明。我走出医院，到街上的邮局给远在北京的女友发了一张明信片。我简单地告诉她我昨夜的遭遇，最后我说，我是因为你才遭遇这个夜晚的，但这个夜晚对我来说，其重要性已经超过你了。

我想她不会明白的。就像没来过西藏的人，总也无法想象风雪高原有怎样的风雪。我把一张小小的明信片写满了，然后意犹未尽地丢进了邮箱。丢进去后我才想起，我忘了写上那位军医的地址和电话。

很久之后，我的女友告诉我，军医给她打了电话。其实我已经不关心后面的事情了。我对他们的关注，到那天晚上为止。

在西藏，总有奇迹发生。

1998 年西藏归来

静谧的林卡

2005 年，我第三次来到位于日喀则的陆军八医院。时间依然是初夏。

如果说日喀则军分区是全军海拔最高的军分区，那么八医院就是全军海拔最高的医院了。当年部队进驻日喀则时，医院就是几顶帐篷，后来修了土坯房。门诊部、住院部、办公区，以及医护人员的宿舍，全是土坯房。黄黄的一片，与四周光秃秃的山浑然一体。一直到 20 世纪 90 年代末，医院才有了水泥砖房。

之前，我曾两次到八医院采访，两次都住在土坯房里。第一次是 1990 年冬天，那个土坯房是里外两间，外面那间堆满了汽油桶，我便整夜在汽油的"熏陶"下入睡，梦境因此而气味浓郁。土坯房很矮，关窗时我发现窗户坏了，关不上。尽管知道住在部队医院里，心里还是有些发怵。不过，最后都平安无事。

我就在那个充满汽油味儿的土坯房里，住了 5 天，采访了十几个女军人。

十多年后，我认识了一个在日喀则长大的孩子，她 3 岁进藏，随父亲辗转数地，少女时代就在八医院度过，如今已是个女少校了。我跟女少校说起这事，她说她爸那个时候正好在八医院当政委。我不记得政委什么样，也许我就没见着政委。但她还是为我没能在那儿受到更好的接待替她爹做了一番"检讨"。我说那个时候刚改文职，我穿的是便衣，而西藏军区是没有文职干部的，他们能接待我就不错了。

我问女少校，你记忆里的八医院什么样？

她说，一排排的土坯房，和高大的杨树林。我惊喜地说，我也是这样的，对这两点记忆尤深。一想到八医院，就是三个色调：天湛蓝，树碧绿，房子焦黄。

我们说的那些树，是杨树。就在八医院住院部的旁边。

我对树总是敏感的，在采访中特意询问它们的来历，于是得知，这些树，就是最早建立八医院的军人们种下的。几十年的岁月，已让它们成长为高大笔直的"树汉子"，粗壮，健美。虽然是冬季，也并没有呈现出被寒风摧残后的肃杀、凄凉景象，白亮的躯干在冬日阳光的照耀下依旧朝气蓬勃。我非常喜欢它们。采访的空隙，总是在里面徜徉，呼吸着它们的清香。

在西藏，树林被称为"林卡"。这片林卡，是半个世纪前老 18 军的官兵们栽下的。如今树已成林，栽树人却没有享受到它们的阴凉。

一位老 18 军女战士，如今已经退休的女军医对我讲述了这片林卡的来历。

"医院刚搬来时，这里蒿草遍地，乱石成堆，野狗出没。我们顾不上这些，搭上帐篷就开始接收病号了。我记得有一次上夜班，我刚走出帐篷，一只野狐狸从我脚下窜过，吓得我把马灯都扔了。

"后来工作走上正轨，我们年轻人就开始憧憬未来。那时我们也谈恋爱，但连个说悄悄话的地方都找不到，每个帐篷住七八个人，外面又是一片荒凉。我们就开始栽树了。刨开乱石，填进泥土，小心地种下树苗。在西藏栽树是很不容易的，没有自来水，浇树的水全靠我们到雅鲁藏布江去挑。可刚浇下一桶水，哧溜一声就让干涸的乱石滩吸干了。我们的肩膀磨出了老茧，腰也挑弯了。第一年栽下的树苗只活了 1/3。

但我们没有气馁，第二年又栽。我们想，要让这树林和我们的青春同步。一年又一年，这些树终于活下来了。西藏的树一旦成活，生命力是很强的，它们迅速地成长为一片树林。

"不过，等这片树成为林卡时，我的青春也早已过去。但每当我看到年轻人在里面开心地唱歌跳舞时，我心里就感到极大的安慰。不管怎么说，这林卡伴随了我的青春，还将伴随许许多多军人的青春。

"领导宣布我退休时，问我还有什么要求，我想了半天，说：能不能在林卡里开欢送会？

"散会后，我一个人穿着大衣走进了林卡。我忽然觉得天地间一下安静了，只留下我和那些美丽的白杨树。我想，今生今世，我再也不会忘掉它们了。"

后来，这位女军医终于回到了成都。

如今，她很可能每天就走在那些普普通通的老太太中间，和她们一样买菜、做饭。但她的心里，将永远想着西藏，想着那片静谧的林卡。

也是在 1990 年冬天的那次采访中，有一位叫陶秀英的女医生，让我第一次知道了 50 年前就有女兵走进西藏的史实，在心里播下了创作《我在天堂等你》的第一颗种子。

陶医生不是第一批进藏的女兵，但是是第一批进藏的女医护人员。她在日喀则度过了她的大半生，并且，她的 4 个孩子中，有 3 个在日喀则工作，一个在拉萨工作。她的孙子则在日喀则上学。她说，我们真的是献了青春献子孙。我第一次听到这句话，就是从她那里。

写到这儿，我忽然很惦记这位老军医，又是十几年过去了，不知道她是否回到成都？是否健在？她的孩子们还在高原吗？都好吗？

那次对西藏女军人的采访，让我深受教育：要对自己的生活知足。能够住在氧气充足的地方，能够每天看到儿子，是那些女人们最渴望的事情。我对此却浑然不觉。所以，无论怎样艰苦，我都没停止采访。

在最最难熬的日子里，我总是对自己说，别忘了你也是军人。

2005 年 5 月西藏归来

世界最高处的艳遇

　　1997 年，有个年轻姑娘只身去了西藏，她在西藏跑了近 3 个月，几乎看遍了所有的高原美景，但离开西藏时，却带着一丝遗憾。因为藏在她心底的一个愿望没能实现。那就是，与一个西藏军人相遇，然后相爱，再然后，嫁给他。

　　不知是否因为出生在军人家庭，她从小就有很浓的军人情结，曾经有过一次当兵的机会，错过了，于是退一步想，那就嫁给军人做军嫂吧！身边的女友知道后跟她开玩笑说，我们这个小地方可实现不了你的理想，你要嫁，就到西藏去找一个吧！她马上说，去就去，你们以为我不敢吗？她就真的一个人进藏了。

　　西藏归来，见她仍是孑然一身，家人和朋友都劝她不要再固执了，要实现那样的理想，不是有点儿搞笑吗？再说年龄也不小了，赶紧找个对象结婚吧！可她就是不甘心。于是 3 年后，2000 年的春天，她又一个人进藏了。

也许是感动了月老？在拉萨车站，她遇见了一个年轻军官。年轻军官其貌不扬，黑黑瘦瘦的，是个中尉。他们上了同一趟车，坐在了同一排座位上。路上，她打开窗户想看风景，中尉不让她开，她赌气非要开。两个人就打起了拉锯战，几个回合之后，她妥协了，因为她开始头疼了，难受得不行。中尉说，看看，这就是你不听话的结果。这是西藏，不是你们老家，春天的风不能吹，你肯定是感冒了。她没力气还嘴了。中尉就拿药给她吃，拿水给她喝，还让她穿暖和了蒙上脑袋睡觉，一路上照顾着她。

他们就这么熟悉了。或者说，就这么遇上了。她30 岁，他 27 岁。

到了县城，中尉还要继续往下走，直到边境，他们就分手了。分手时，彼此感到不舍，于是互留了姓名和电话，表示要继续联系。

可是，当她回到内地，想与他联系时，却怎么也联系不上。她无数次地给他打电话，却一次也没打通过。因为他留的是部队电话，首先接通军线总机就很不容易，再转接到他所在的部队，再转接到他所在的连队，实在是关山重重啊！在尝试过若干次后，她终于放弃了。

而他，一次也没给她打过电话。虽然为了等他的电话，她从此再没换过手机号，而且一天24小时开着，但她的手机也从来没响起过来自高原的电话铃声。

一晃又是3年。这3年，不断有人给她介绍对象，也不断有小伙子求爱，可她始终是单身。她还在等。她不甘心。

2003年的4月1日这天，她的手机突然响了，铃声清脆，来自高原。她终于接到了他的电话。他说，你还记得我吗？她说，怎么不记得？他说，我也忘不了你。她问，那为什么这么长时间才来电话？他说，我没法给你打电话。今天我们部队的光缆终于开通了，终于可以直拨长途电话了，我第一个电话就是打给你的。她不说话了。他问，这几年你想过我吗？她答，经常想。他问，那你喜欢我吗？她答，三年前就喜欢了。他问，那可以嫁给我吗？她笑了，半开玩笑地说，可以啊，你到这里来嘛。他沉吟了一会儿说，好的，你给我4天时间，4月5日，我准时到。

她把他的话告诉了女友，女友说，你别忘了今天是愚人节！他肯定在逗你呢！他在西藏边防，多远啊，怎么可能因为你的一句话就跑到这里来？再说，你们3年没见了啊。她一想，也是。但隐约的，还是在期待。

4月5日这天，铃声再次响起。他在电话里说，我在车站，你过来接我吧。她去了，见到了这个3年前在西藏偶遇的男人。她说，你真的来啦？我朋友说那天是愚人节，还担心你是开玩笑呢。他说，我们解放军不过愚人节。

她就把他带回了家。家人和朋友都大吃一惊，你真的要嫁给这个只见过一次的男人吗？你真的要嫁给这个在千里之外戍守边关的人吗？她说，他说话算话，我也要说话算话。

最后父亲发了话。父亲说，当兵的，我看可以。

他们就这样结婚了。

他30岁，她33岁。

几乎所有人都不看好他们的婚姻，不看好这路上撞到的婚姻。但他们生活得非常幸福。这种幸福一直延续到4年后的2007年，他们相识的第七个年头。

2007 年的某一天，我在办公室见到了她。

其实 3 年前我就见过她。那时我去她所在的小城做文学讲座，她来听课。课后她曾找过我，说想跟我讲讲自己的故事。可当时时间太紧了，我没能顾上。于是，这个美丽的爱情故事就推迟了 3 年才来到我身边。

当然，比之 3 年前，故事有了新的内容：他们有了一个来之不易的女儿。婚后很长时间她都没有孩子。为了怀上孩子，她专门跑到西藏探亲，一住一年。可还是没有。部队领导也替他们着急，让她丈夫回内地来住，一边养身体一边休假，一待半年，还是没有。去医院检查，也没查出什么问题。虽然没影响彼此感情，但多少有些遗憾。后来，丈夫因为身体不好，从西藏调回了内地，就调到了她所在的城市的军分区。也许是因为心情放松了，也许是因为离开了高原，她忽然就怀上了孩子。这一年，她已经 35 岁。

怀孕后她反应非常厉害，呕吐，浮肿，最后住进了医院，每天靠输液维持生命。医生告诉她，她的身体不宜生孩子，有生命危险，最好尽快人工流产。但她舍不得，她说她丈夫太想要个孩子了，她一定要为他生一个。丈夫也劝她拿掉，她还是不肯。一天天地熬，终于坚持到了孩子出生。

幸运的是，孩子非常健康，是个漂亮的女孩儿。但她却因此得了严重的产后综合征，住了大半年的医院。出院后也一直在家养病，无法上班，也出不了门，孩子都是姐姐帮她带的。直到最近才好一些。

她坐在我对面，浅浅地笑着，给我讲她这 10 年的经历，讲她的梦想、她的邂逅、她的他，还有，她的孩子。

她忽然说，今天就是我女儿 1 周岁的生日呢，就是今天，9 月 17 日。一想到这个，我觉得很幸福。我现在最大的愿望，就是我们一家三口都健健康康的，守在一起过日子。

不知什么时候，我的眼里有了泪水。我不知说什么好，只能在心里默默为他们祈福。他们有充足的理由幸福，因为他们有那么美好的相遇，那么长久的等待，那么坚定的结合。

她急着去为女儿买礼物，我只好送她走。在电梯门口，当我与她道别时，忽然想起了不久前看的一出话剧，名字叫《艳遇》，讲的是现代人的办公室恋情以及婚外恋、三角恋之类。看的时候我就想，这算什么艳遇呢？以后我一定要写个真正的艳遇。

没想到这个真正的艳遇，突然就出现了。

他们在世界最高处，最寒冷处，最寂寞处，有了一次温暖的、美丽的、刻骨铭心的相遇。这样的相遇，难道不该命名为艳遇吗？

我想，没有比他们更当之无愧的了。

2007 年秋，写于成都北较场

骆驼刺

盛夏八月，我和几位作家一起驱车前往查果拉。

查果拉哨所，是我军海拔最高的哨所之一，海拔5380米。极少有人去那里采访。当我坐在颠簸不已时速却依然在六七十码的吉普车上，向查果拉奔去时，仍有些怀疑此行的真实性。

同行的西藏军区作家给我们介绍说，查果拉原来的意思是土匪出没的地方，现在的意思是鲜花盛开的地方。

这两个说法我都听说过。但此时，在去查果拉的路上，面对满目荒山，面对在盛夏八月依然荒凉无比的群山，我对这两个说法都产生了强烈的怀疑。因为无论是鲜花还是土匪，它们都是有生命的。而查果拉，准确地说，是个生命的禁区。

我们被汽车载上了海拔5380米的查果拉，见到了坚守在那里的生命群体——查果拉哨所的全体官兵。他们是这一生命禁区的征服者，也是这一生命禁区仅有的生命。

三位因身体不适而留在营部的女作家，临行前托我为战士们敬烟。我就一个房间一个房间地去敬，战士们笑眯眯地接过烟，但并不点火吸上，因为，山上缺氧而又干燥，无论如何，都不宜吸烟。但他们热情地邀请我和他们一起坐下来烤火。说真的，我真想坐下来和他们一起烤火，我甚至想在查果拉住上一夜，和那些战士说上一夜的话——如果他们不嫌烦的话。

我们是从岗巴营部上山的，因此为查果拉的战士们带去了他们这段时间的书信。一大包。

其中排长李春的最多，有三封。于是大家要李排长交代都是谁写来的，李排长从实招来：一封是父母大人的，一封是战友的，还有一封——他的脸红了——是未婚妻的。

战士们立即起哄，要求李春公布情书。出乎我的意料，李春爽快地同意了。于是，我有幸在海拔5000米的高山上，在荒凉得不生寸草的地方，读到了一封感人至深的情书。

　　因为没有征得李春的同意，我不能把他的情书在这儿公布。但我还是忍不住想透露一点儿"内幕"：那情书的"作者"，是个女大学生，她与李春通过发表文章成了笔友，进而成了恋人。就在我们去的时候，她已经从家里出发，先后乘火车、飞机、汽车向查果拉抵近。我想说，这是我所听到的最美的爱情故事。

　　打开信封，首先映入大家眼帘的，竟是一个大大的红唇印，战士们"嗷嗷"地叫起来，作家们也开心地笑起来，李春更是幸福地涨红了脸，令那张本来就黑黢黢的脸庞颜色更深更浓了。

　　查果拉到底是查果拉，我们一个个都大喘着气，每走一步路都呼哧呼哧的，有两位还不得不抱上了氧气袋。但我们依然高兴地和战士们一起开起了联欢会。

　　李春排长笑眯眯地对战士们说，我们先给作家们唱首歌吧，《鲜花献给查果拉》。这歌儿我知道，是我们军区老诗人杨星火写的。我就和大家一起呱唧呱唧地鼓掌。李春起了个头，战士们就唱起来——

　　　　金色的草原开满鲜花

　　　　雪山顶上有个查果拉

......

歌声一起，我的眼泪突然涌出，速度之快让我毫无防备，身上连张纸巾都没有，只好用两只手去抹，结果越抹越多，满脸被泪水浸泡，以致不得不狼狈地离开会议室，离开正在大声唱着歌儿的战士们。

查果拉山高风雪大
山上自古无人家
......

我跑出门外，躲在墙角继续流泪，马上就有战士抱着氧气袋跟了出来，他们以为我是高原反应。我抱歉地解释说，不是高原反应，一会儿就好了。

为了不让战士们担心，我努力克制着，重新回到了会议室。但面对那些战士的笑脸，耳听他们的笑声，我的眼泪还是不听话地往外涌。我低着头，不敢去看战士们的眼睛。我无法对他们说清这泪水的出处，我只能把它归结为音乐的魅力。

作家刘醒龙喘着气为战士们唱了《小白杨》，女作家王曼玲一边吸氧一边为战士们宣读了李排长的"情书"，让战士们开心得嗷嗷叫。我们的主编熊家海（已去世），则一个个地为战士们拍照。他们都给战士们带去了欢笑和快乐，只有我没出息，留下的是眼泪。

后来我们登上了查果拉主峰。

在主峰石碑旁边，我们坐下来，应《解放军报》编辑李鑫的要求，再一次读了李春的情书，因为刚才房间太暗，他想重新拍一张。这次是我读的，于是留下了这张珍贵的照片。

在那片满是石头看不到一点绿色的山坡上，作家邓一光忽然递给我一束小花，我吃惊异常，问他哪儿来的？他说就在这山坡上采的。我低下头去看，真的，在那些石头的缝隙之间，生长着许多这样的小花。它们像依偎着兄长那样依偎着石头，在冷硬的风中瑟瑟开放。我惊奇地问，它叫什么名字？有个战士回答说它叫骆驼刺。我不大相信。它看上去是那么娇小柔弱，和那高大粗壮的骆驼毫无相似之处，怎么会叫这个名字？那蓝色的花瓣儿透明如薄薄的蝉翼，怎么抗得住这冷硬的高原的风？唯有它的果实很扎手，也许这就是"刺"的由来？

骆驼刺让我再次相信了奇迹的存在。

不然你无法解释这不可思议的花。你无法想象它的种子是从哪儿来的，它是靠什么长出来的，它的细细的花颈为什么没被大风折断？它依傍的土地如此干硬，没有河也没有雨水，为什么没被渴死？

写到"渴"这个字眼儿，我忽然顿悟：它们是该叫骆驼刺，它们与骆驼不是形似而是神似，因为它们也和骆驼一样抗干耐旱，它们不仅从石头缝里长了出来，还努力地开出了花。

它们就像那些战士，在寸草不生的地方，朝气蓬勃地歌唱着鲜花。

我默默地看着这束小花，一旁的刘醒龙，为我拍下了一张珍贵的照片，花朵非常清晰。然后我把骆驼刺装进了军大衣的口袋，没有带走。那件军大衣不知是哪位战士的。但愿他把手揣进大衣口袋时，不要被扎着。

解放军为咱守边防

雪山顶上安下家

山歌唱给解放军

鲜花献给查果拉

……

我不会唱，我只能在心中一遍遍默想：骆驼刺也是鲜花，是查果拉的鲜花。鲜花献给查果拉。

1997 年秋西藏归来

油菜花开

　　人们一想到西藏，就会想到冰雪，总觉得那里与鲜花无缘。实际上西藏不仅有花，且大而艳。在灿烂的阳光下，那些花朵会呈现出你所想象不到的鲜艳和美丽。我有种感觉，任何生命在西藏都是极端的，要么不能成活，一旦成活了，就会比别处的更茂盛，更顽强。

　　当然，在西藏更多的地方，在那些绵延无尽的亘古荒凉的山峦中，是没有花和树的，甚至没有草。

　　所以，当我们一行作家从拉萨出发，沿雅鲁藏布江到日喀则，再到江孜，看见沿途的河谷中时时闪现出那纯净的柠檬黄的油菜花地时，就忍不住欢呼起来。如果不是它们的身后站立着雕刻般的山峦，我们会误以为自己来到了川西平原。那一片片的黄花在群山之下显得那么娇小而鲜艳，让人心疼。

后来我们中终于有一位忍不住了，采下一束拿到车上来，立即被几位女作家小心地养到了矿泉水的瓶子里。

我们的下一个目的地是岗巴某边营，那儿的海拔是 4700 米。曾在那儿当过兵的一位西藏军区作家给我们解释说，岗巴的意思是"雪山脚下的村庄"，是个寸草不生、没有一棵树的地方。我们听了，就下决心要把这鲜艳的油菜花带到岗巴去，让那里的干部、战士也欣赏到这份美丽。

为了这一愿望，一路上，无论车子怎么颠簸，我们都小心翼翼地护着瓶子，不让它倒下。后来索性轮流把它捧在怀里，像呵护着孩子。随着海拔的不断增高，窗外的景色果然越来越荒凉，起初还有些绿色的草皮，后来就只剩灰色的石头、褐色的山峦和蓝色的天空了。

好在瓶中的油菜花儿不负厚望，在矿泉水的滋养下鲜艳无比。

到达岗巴某边防营时已是黄昏。匆匆吃过晚饭后我们就来到营部会议室，想听营领导介绍一下这里的情况。但由于高原缺氧，一行的十来个作家很快就顶不住了，仅仅十多分钟后，他们的头就一个个地垂了下去，笔尖也停在本子上不再移动。

唯有那束油菜花，在昏暗的灯光下依然鲜亮。

会议之后，作家们梦游般地离开了会议室。我回头，发现那束鲜黄的油菜花被遗忘在了会议室的桌子上，孤零零的。我回转身去把它捧起来，追上那位营长。我解释说，这是我们特意从江孜带过来的油菜花，想让你们看看。营长笑笑，说谢谢了。但我听出他并没有特别高兴的意思。

我想大概男人对花总是无所谓的。

第二天我们去参观大棚蔬菜。

在此之前，我早已听说岗巴种出了蔬菜。我知道对一般人来说，这样的事没什么可新鲜的，毕竟人类种植蔬菜的历史已很长很长了。但对于一个对西藏有些了解的人来说，他一定会为此兴奋和激动的。我就是如此。因为直到 20 世纪 90 年代初我进藏采访时，西藏的许多部队仍是顿顿见不着绿色，靠罐头、脱水蔬菜或者粉条、海带之类度日。可就在这几年里，奇迹被西藏官兵们创造出来了。我想这奇迹的诞生足以写一部长长的报告文学，我在这里就不详说了。

　　我想说的是，当我真的亲眼在岗巴见到鲜活的蔬菜时，我的心还是被强烈地撞击了一下，以至于心跳加速。我是个热爱植物的人，喜欢花，更喜欢树。但在岗巴，我忽然明白了，蔬菜才是最美丽的植物。当你看到在海拔 4700 米的高地上，在从来没有树、没有花草的雪域中，在风吹石头跑的荒凉山脊里，生长着那样翠绿那样茂盛的蔬菜时，你会觉得它们实在是太美了，你会觉得种菜的官兵实在是太了不起了，你的心里除了感动还是感动，感动得直想流泪。

　　这些美丽蔬菜的呵护者，是一个朴实腼腆的云南兵，叫李伟。人们称他为"种菜大王"。他的连长告诉我，刚开始的时候，菜是长出来了，可豇豆只爬藤不结豆，西红柿结了却不是红的，卷心菜个个敞着胸膛，茄子们都跟石头一样又小又硬……后来，李伟就开始琢磨这些蔬菜，天天往大棚里跑。一天天，一年年，终于，蔬菜们的心被焐热了，样子越长越漂亮了，最终长成一片绿色的奇迹。

　　我在大棚里转来转去，无端地兴奋着。因为兴奋，就总想和人说话。在其中一个大棚里，一位作家指着一畦蔬菜秧苗问我，这是什么？我看了一眼马上自以为是地说，这是萝卜嘛，你怎么连萝卜都不认识了？他疑惑地说，是吗？这是萝卜吗？这时种菜大王李伟弯腰钻进棚来，听到我的话纠正说：这不是萝卜，这是油菜。

这是油菜吗？这真的是油菜吗？

我先是为自己的错误感到不好意思，但马上，我就为油菜激动起来。原来岗巴也有油菜，原来岗巴已经种出了油菜！难怪岗巴的官兵们看到油菜花儿不再稀奇，他们已经看到了从他们自己土地上长出来的油菜。那油菜花一定比别处的更鲜艳更美丽呢！

我一下为我们带来的油菜花"失宠"而高兴了。我怎么此前没想到呢？我立即要求跟蔬菜们合个影。

因为油菜还只是秧苗，李伟就向我推荐了一个藏在茂盛藤叶下的大南瓜。那南瓜青油油的，胖乎乎的，让人无论如何不能想象，它出生在这海拔 4700 米的雪域。

我想如果有一天，人们告诉我岗巴种出了玫瑰，我也不会感到奇怪。因为驻守在那儿的，是些善于创造奇迹的官兵。

1998 年 7 月西藏归来

雪线上的杜鹃花

西藏的山，大多是荒凉坚硬的，渺无人烟的，白雪皑皑的。所以这一次从山南前往米林，要翻越海拔5000多米的加查山时，我丝毫也没打算观赏，只盼望着一切顺利，早些到达目的地。

近中午时，我们开始翻山。时值5月，山上依然有积雪。积雪在正午阳光的照耀下融化成了泥河，把一条本来就不平坦的山路泡得泥泞不堪。车轮深陷在泥浆里，车身一步一摇，几乎是以时速10公里的慢速在往上爬。车内的海拔高度表上，已从3700米上升到了4000米，很快又过了5000米。快到山顶时，已是海拔5300米了，气温也降到了零下。

我有些支撑不住了，脑袋昏昏沉沉、迷迷糊糊的，好像困倦至极。

颇有经验的司机老兵对我说，你现在不能睡，你犯困是高原反应的表现。你要坚持一下，下山时再睡，否则会有危险。

于是我强打精神，搓搓脸。同行的干事小冉递给我一支烟，让我提提神。我不会抽烟，但还是接过来抽了两口，大脑依然昏沉，好像被糨糊充斥着。

忽然，我看见风雪弥漫之中，闪现出一大片五色经幡，精神不由得为之一振。藏民族有个宗教习惯，要在最高的山顶上挂五色经幡，以表达他们的信仰。有五色经幡的地方即是山顶。

哦，终于爬上山顶了，接下来就该下山了！我整个人立即松弛下来，两眼一闭，就睡过去了。

恍惚之中，我听见小冉在大声叫我，裘老师，快看杜鹃！我好像答应了他，但眼睛怎么也睁不开。小冉又一次喊：你快醒醒，裘老师，你往窗外看一眼嘛，好壮观的杜鹃呀！我还是睁不开眼睛。小冉说，你不想照几张相吗，这么漂亮的杜鹃花，我敢肯定你从没见过。小冉说的每一句话我都听见了，可我就是睁不开眼睛。于是我对他说，你不要再叫了，我见过杜鹃，今年我家里还养了一盆呢，3月份就开花了，小小的一盆花竟开了百余朵，像一团火似的……

这样想的时候，我忽然就看见杜鹃花了，是玫瑰色的，很红很娇艳，一朵朵的花飘浮成了海洋，将我整个托了起来。我就在这些花上美美地睡了一觉。

不知什么时候，我忽然醒过来，发现我们的车已经开进了山清水秀的米林地区。我们下山了！这里海拔不到3千米，空气也湿润许多。小冉说，你总算醒了。刚才怎么也喊不醒你，错过了看杜鹃花的机会。我说我看见了呀，满山都是杜鹃，玫瑰红的。小冉说不可能，你睡得死死的，一次也没睁眼。你一定是发生高反了。真可惜！我感到很奇怪，难道我看见的不是杜鹃？

数天之后我们返回，再次翻越加查山。上次是从阴面翻山，阳面下山。这次正好相反，先从阳面上山。杜鹃花是开在阳面的，小冉说，裘老师，这回你无论如何也要坚持到山顶，亲眼看一看雪山顶上的杜鹃花。只有西藏才能见到这种雪山杜鹃。我说好，我一定亲眼看看，也证实一下上次我到底看见杜鹃没有。

经过几天的阳光照耀，冰雪融化，加查山的山路更泥泞了，泥浆有一米多深，车轮陷在其中都看不见了。遇上对面来车，就得停下来小心让道。车开得很慢很慢。

渐渐地，那种昏昏欲睡的感觉又出现了，我顾不上嘴苦，连着抽烟，不让自己睡过去。可是几天来采访的辛苦和睡眠不足，使我比来时更加疲倦。我几乎就要坚持不住了，忽然听见小冉再次高声叫了起来：快看杜鹃！

我强打精神朝车窗外望去。这一望，整个人立即振作起来。

阳光下，整架大山都被鲜花覆盖着。一丛丛，一片片。花挨着花，枝干交叉着枝干，没有一丝空隙。整座山像是花堆起来的，真可谓山花烂漫。让人惊异的是，同一座大山，阴面全是雪，阳面却全是花。从山脚朝上望，一直望到让人睁不开眼的山顶，全是这些英勇无畏、生在雪域高原也照样怒放的鲜花。

这就是杜鹃吗？我问。小冉说是呀！我要你看的就是它们。

于是我明白了，上次我见到的不是雪山杜鹃，而是"梦里杜鹃"。梦里的杜鹃和家里的杜鹃一样，很红很艳很秀美，但它们不会让我震惊。

眼前的杜鹃却迥然不同，它们不火红，也不鲜艳，甚至不秀美。它们的花瓣和枝叶上都有风雪蹂躏的痕迹，它们因为高寒缺氧而没有了花的妩媚，但它们的的确确是杜鹃，是美丽的、骄傲的、大无畏的山花。它们拼尽全身力气，在这海拔 5300 米的高山上，在这终年积雪不化的高山上开放着。别的花开放或许是为了昭示美丽，或许是为了展现青春，而这些杜鹃怒放，却是在壮烈赴死，是在英勇牺牲，因此整架大山都给我一种惨烈的感觉。我惊得半天都没有说出话来。

一瞬间，我想起了西藏女作家马丽华说的，只有在西藏，你才会拥有这种大感动和大欢喜。是的，大感动，大欢喜，还有大悲壮。

我走下车，头重脚轻地照了几张相。我无力爬到山上去，就用变焦镜头将山上的花拉近一些来照。阳光刺得我睁不开眼睛，我看不清镜头里的画面。但我想只要对准了大山，就能照到杜鹃。

洗出照片后我发现，我拍的杜鹃，无论远近，没有一张能看清楚花朵的，它们全都融成了一片。似乎它们只能是成片开放，无力独自面对雪山，它们需要互相温暖，互相鼓励，互相燃烧。

事隔不久，我将自己这段对雪山杜鹃的特殊感受，讲给一位驻守在米林的西藏军人听，他一年要数次经过加查山。他听了竟非常惊异。他说你怎么会觉得这些杜鹃是惨烈的呢？在我看来这很正常，它们本来就是高海拔植物，抗缺氧、耐寒冷是它们的天性。它们只有在这高高的雪山顶上才会开放，才会美丽。如果你把它们移到温暖的低海拔处，它们反而会死掉。

真的吗？他的话让我感到震惊，如同那些杜鹃一样。

难道是我误解了杜鹃？

难道我真的只看到了梦里的杜鹃？

离开西藏后，我又梦见了杜鹃。这一回出现在梦里的，是一座燃烧的雪山。

1997 年 6 月西藏归来

将军崖

在通往西藏某边境的一条路上，有一处悬崖，上面刻着三个大字：将军崖。1984 年，一位叫张贵荣的司令员牺牲在此。几十年过去了，每当军人们路过那里，都会停下车来，向张司令员的英灵致敬。

1984 年冬天，准确地说，是 1984 年元月，西藏最冷的时节，张贵荣司令员带工作组下边防，一去未回。

据记载，张司令是 1 月 13 日到达山南的。计划 20 日左右返回。可是在山南他接到电话，说 19 日军区有个重要会议。于是他马上调整了自己的日程安排，以便在减少时间的情况下完成原有的工作计划。跟随他的人知道他身体一直不太好，到山南才去医院看过病，就劝他减少一个点，把勘察边境公路的工作，交给底下的同志去做。但他不同意，他说那条路是一条非常重要的战备公路，不亲自看一下不放心。

14 日傍晚，他们一行到达了协古某边防团驻地。这里的海拔虽不算高，却非常荒凉。离最近的县城都有上百公里，四周基本是荒无人烟。15 日凌晨，张司令很早就起了床，看了几份文件，就打算出发，去勘察那条路。他还让通讯员把他的新军装拿出来穿上，说快过年了，正好可以给边防的官兵们拜个年。

刚 7 点钟，他就带着工作组出发了，天还完全是黑的。四周很静，风极冷。那是条 30 多公里长的路，一面傍山，一面靠河，绝大部分是羊肠小道，平时偶尔有运送给养的骡马走过，几乎看不到行人。但它却是通往边境的一条重要通道，将这条路修好，才能为边境一线提供有力的保障，才能面对随时可能发生的战争。

张司令员骑马走在最前面，有些路段不能骑马，他就下来走。遇到地形复杂的路段，他就仔细与工作组的同志交换设计修筑意见，以确保路的质量。一直走到下午一点，他们到达一地方民政检查站，站里大多数是藏族同志，很热情，已经为他们准备了一餐藏汉"团结饭"，有面条、皮蛋、花生米，也有酥油茶、青稞酒。张司令员很高兴，喝了好些酥油茶，也喝了一杯青稞酒。

2点他们又出发了。继续骑马前行，40分钟后走到一处河滩，张司令员提出休息一下。他下马坐在河滩上，小声告诉通讯员，他觉得有点儿胸闷。通讯员说，赶紧回去吧。他笑说，那怎么行？不能半途而废。翻过前面那两座山就到了。

他拿出随身带的药吃了一片，通讯员为他削了个苹果，他吃了一小半。这时老天突然下起了鹅毛大雪，张司令马上穿上皮大衣，拄上拐棍对大家说，抓紧赶路。

他们开始爬山，顶风冒雪地爬。好不容易翻过一座山，张司令员不愿休息，想早些到达目的地，马上又开始翻越第二座。但他的喘息越来越厉害，步履越来越艰难，两次差点儿摔倒。因为路窄，除了通讯员，其他人没法搀扶他。一位参谋就让他拉着马尾巴走。他试着拉了一下，觉得还行，幽默地说，没想到这马尾巴还能助我一臂之力啊！

眼看就要到山顶了，还差五六米，通讯员已经看见了那座高达几百米的悬崖，忍不住说，首长你看这山，好吓人哪！一回头，却见张司令员拉着马尾巴的手松了，已滑到了尾梢。通讯员赶紧一把抱住他，他的身体已没了知觉，只有两只眼睛还大睁着……

他就这样走了。走之前说的最后一句话，竟是那样轻松幽默：没想到这马尾巴还能助我一臂之力啊！他没想到自己会倒下。也许是想到了，但他不想先把自己放倒。他愿意站立着，面对着可能出现的死亡。

在看张贵荣司令员的事迹材料时，我不断想到"如果"这个词。如果他不来勘察这条线，如果他来了不要赶这么急，如果他感觉到胸闷就往回走，如果他翻过第一座山好好休息一会儿再走，他都有可能活着回去。这几个如果中只要有一个是真的，他可能就不会牺牲。

但是我又想，如果那样，他就不是张贵荣了。

优秀是一种习惯。

他曾经在海拔 4900 米的昆木加哨所和战士们一起过中秋节，夜里就睡在哨所；他曾经在海拔 5380 米的查果拉哨所，和每个战士谈话通宵达旦；他曾经徒步走进全国唯一不通公路的孤岛墨脱县，一路吃干粮、喝冷水、住岩洞、翻雪山、穿密林、涉过毒蛇蚂蟥区；他曾经靠步行和骑马去边境检查工作，行程 100 多公里，以至于累得尿血。

他牺牲在西藏边防，几乎是一种必然。

张贵荣，辽宁人，6岁成了孤儿。13岁时从老家跑出来投奔解放军，其时为1948年。参加过辽沈战役、平津战役和抗美援朝，立过数次战功，还被评为志愿军英模代表。他参军时大字不识几个，可是在战争间隙，他一直刻苦学习，后来到步兵学校读书，更是起早贪黑下死功夫，毕业后竟因学习成绩优异而留校做了教员，一直做到副校长。由此亦可看出他的优秀品质。1983年他任西藏军区司令员后，更是兢兢业业、鞠躬尽瘁。

后来，人们在他牺牲的地方，立了一块石碑，上面写着：张贵荣烈士永垂不朽。在石碑旁的悬崖上，刻下三个大字——将军崖，以志永久的怀念。

这是西藏军区第二个牺牲在岗位上的司令员，第一个是张国华将军，病故在办公室。

事实上我知道，张贵荣司令员牺牲时，我军尚未恢复军衔制，他并没有被授予将军军衔。他是一个没有将星的将军，但他是一个真正的将军。

2005年写于成都

青山为家

那天中午，我跟着工作组从一个边防连出来，返回分区。连日在边关行走已有些疲乏，但眼前明媚的阳光、葱绿的山脉，还是让心情为之振奋。我开心地想，这样美丽的山谷，不知小鸟是否会放弃飞翔，在此定居？

这时带队的崔大校提议道：让车先下山，我们走一段如何？

我们热烈赞同。我们虽然不是小鸟，却愿意落下来，在此小憩，梳理一下我们心灵的羽毛，沐浴一下明媚的阳光。

山路两边时不时闪出高山杜鹃，吸引着我们攀爬上去拍摄。风暖暖地拂过灌木，一眼望去都是美景。我几乎忘记了自己是在边境线上，好像在郊外踏青。平时我们总习惯说风雪边关，我们不太容易想到还有青翠的、滋润的边关。

崔大校突然说，我跟你们说过的高明诚团长，就是在这一带的边境线上牺牲的。

我愕然。我一直以为他是牺牲在冰天雪地的高山上，却不料是牺牲在这郁郁葱葱的山谷里。

那是 1986 年。这位已经戍边二十年的边防团长，带着一个参谋、一个连长和一个通讯员，在桑多洛河谷地带勘察边界。不料，却牺牲在山谷里。

后来，其中的那位参谋，给我们讲述了那段经历。

我猜想，那天的天气一定很好，像眼下我们看到的这样，风和日丽，天空晴朗，以致他产生了麻痹思想，让他错误地估计了此山此水的安全系数，他以为美丽的山就不危险，好天气就不会出事。

不。那位参谋说，你的这个猜想是没有道理的。对他来说，无所谓风景，无所谓气候，无论是风和日丽的好天气，还是阴云密布的糟糕气候，无论是在雪线以上，还是在雪线以下，他都必须走这条路，他的职责让他别无选择，或者说，他的职责让他只有这一种选择。

我羞愧无言。

参谋接着说：那山谷里不要说公路，连骡马道都没有，他们徒步跋涉着，除了一张不太详细不太确切的地图，没有任何可作依靠的东西。看着美丽的山，海拔也不算高的山，路却很不好走，确切地说是无路可走。悬崖，峭壁，深涧，密林，很快，他们在一片原始森林里迷失了方向。

那个时候的通信等种种条件都比现在差很多，他们只能靠土办法辨别方向，靠经验判断道路，摸索着，估计着，一点点地往前走。因为是在边境上，团长最大的担心是怕误入别国，那样的话，将造成不必要的外交纠纷，甚至更大的麻烦。

一天又一天，他们在山里转不出去了。晚上住在岩石下或者树下，没有吃的，就找野菜吃，没有喝的，就喝溪里的水。有一次，通讯员看见一只野鸡，想打来吃，被团长制止了，他说边境上，绝不可以随便鸣枪。

团长很快病倒了，也许是劳累，也许是感冒引起的肺水肿，也许是野菜中毒，总之他开始发高烧、浮肿。坚持到第三天时，已经无法行走。

他们商量了一下，决定先派连长去找部队救援，其他人在原地等候。可连长离开后不但没找到部队，也和他们失去了联系。

团长知道自己快不行了，停下来，靠在参谋的怀里，让参谋给他唱一支歌，是一支当时很流行的歌：

没有花香，没有树高，我是一棵无人知道的小草……

参谋含着泪唱完，怎么也不甘心看着团长就这样死去。他让通讯员照顾团长，自己再去找部队救援。可他的体力也已经不行了，走出没多远，就一脚踩滑，从山上滚下去，昏迷了。

与此同时，部队也一直在搜寻他们，军区还动用了直升机。到第四天，终于在山沟里找到了那位参谋，接着找到了连长，等他们再找到团长时，他已经牺牲了，靠在通讯员的怀里，身体冰冷。

这不是小说，不是电影，是真实的生活，是没有多少人知晓的真实生活。

直到今天，这位参谋，这位依然在西藏戍边的军官，都不愿提起这段往事。他虽然走出了那个山谷，可他永远也走不出自己内心的山谷。这段往事成了他心中永难愈合的伤口。每每夜深人静的时候，每每重新踏上这条路的时候，都会汩汩流血。

他给我们讲述的时候，一直眼含热泪。

军人的牺牲，也许千差万别，可有一点是一致的，他们不是为自己，不是为私欲，他们在面临牺牲时别无选择，他们在牺牲后依然默默无闻。这一切，让我心疼。

这位团长姓高，叫高明诚，甘肃人，牺牲时年仅38 岁。

牺牲后不久，一封家书抵达他的办公桌，他的妻子告诉他，他们终于分到了房子，等他回来搬家……

而他，不再需要房子了。他有青山为冢。

他成了莽莽青山上一棵永远葱绿的小草。

2005 年秋于成都

无湖的无名湖

颠簸了近 400 公里后，我们终于从拉萨经山南再经错那，抵达了目的地勒乡。对我来说，"终于"这个词尤为重要。因为高原反应，我已经两天没吃东西了，一路眩晕着、呕吐着，完全是在毫无知觉的状态下被拉到勒乡的，怎么翻的山，怎么过的河，一概不知。

勒乡是一条沟，大山中的一道褶皱。海拔比亚东沟还要低，就 2400 米。树木葱郁，空气清新，雨水充足。满山遍野都是绿。高原苔藓，荆棘灌木，针叶林、阔叶林，层层叠叠地覆盖着同样的西藏的山。对我们这些从海拔 5000 米的雪山上下来的人来说，这里就是天堂。如果换个说法，这里就是氧气瓶。

早饭后我们去某边防连。打开车窗，感觉氧气比成都还多。空气甜丝丝的，清凉的风款款拂过。公路沿河蜿蜒而上。河水汩汩流淌着，充满激情，让我想到了察隅河，它们都可以用那四个字概括：纯净丰盈。

不到半小时，我们就到了某边防连驻地。整齐的营房坐落在海洋一般的绿色中，山下是娘姆江曲。放眼望去，有树有花有水有鸟，更有缥缥缈缈的云雾缭绕其间，真的是风景这边独好。可我们毕竟不是来旅游的，我们面对的是形势复杂严峻的边境线，是随时可能出现的敌情，是边防官兵们日复一日的艰苦生活。

在这条边境线上，有个边防连驻守在无名湖。

但那里并没有湖，只有一座高海拔哨所。

带队的崔大校告诉我们，无名湖是整个一线哨所最艰苦的地方，海拔为4460米。我知道，海拔一旦上了4000米，对人的生存就是一种挑战。但无名湖的艰苦还不在海拔上，而在它与外界几乎隔绝的环境上，在它极其艰险的道路上，在它极其恶劣的气候和自然条件上。

崔大校去过那里，他非常肯定地告诉我："你肯定不行。上不去也下不来。"曾经有个女记者，坚决要去，走到一半时受不了了，精神和体力都支撑不住了，后来是战士们把她背上去的。

上无名湖没有路，从下面的边防连旺东上去，需要攀缘 3 处绝壁，跨越两处深涧。绝壁分别是 60 度和 80 度，有绳索固定在那里，分 6 次才能攀缘上去（或分 6 次才能跳跃下来）。深涧上横枕着两棵放倒的大树，中间钉上铆钉就算桥了。尽管它到旺东的直线距离只有 8 公里，但其海拔落差却是 1000 多米。于是这 8 公里的距离，就形成了完全不同的两个世界：旺东有树有水，有花有鸟，而无名湖，除了 24 小时不停地刮的大风，就什么都没有了。

无名湖名不副实，不但没有湖，连水都没有。也许很久很久以前，那里是有湖的，就和错那的情况一样，不但有湖，可能还有鱼，有白天鹅。但是现在，无名湖最著名的是风，又大又冷又硬的风，长着大魔爪的风，挥着利剑的风，吹着石头满山跑不算，还经常把连队的房顶掀掉，扔进山沟里，或者撂到边境那边去。为了固定住哨所的房子，官兵们在每个铁皮屋的四角，都用铁丝拴着大石头坠着，成为一道独特的景观。别看事情简单，还需要点儿技术呢，那些石头重了不行，铁丝容易断，轻了也不行，抗不住风，一定要恰到好处。

　　崔大校告诉我，他那年去无名湖的时候，还没有任何能通车的道路。他就从一个叫肖的地方出发，步行了 15 公里（耗时 4 个多小时），抵达了无名湖。在无名湖的工作结束后，他要去旺东。他就问战士们从无名湖下到旺东需要多长时间，战士们说，只需要 40 分钟。崔大校就暗中给自己预留了两个小时时间。他想自己年纪大了，又从来没走过，肯定得比战士多花两倍的时间才行。

　　可没想到两倍都不够，他花了 3 个半小时才走下去，而且到最后是由战士们搀扶着走完的。整整 3 个半小时，人就在那些龇牙咧嘴的岩石上跋涉，没有一平方米的平地，只能一点点拽着绳子慢慢往下走。

　　他说，不瞒你说，到后来我的腿简直就不像自己的了，根本控制不了了。刚开始，我还假装拍照片，停下来站一站，歇口气。可是根本无法站稳，双腿抖个不停，得靠两个兵扶住我的腿，另外两个兵扶住我的肩，我才能举起相机。后来我也就不再假装了，走 5 分钟，就坐下来呼哧呼哧大喘气，然后再走。

　　由此一想，驻守在那里的战士真是了不起，他们不但忍受住了艰苦的生活，还锻炼出了超凡的体格和胆量。他们从无名湖下到旺东只需40分钟，从旺东上到无名湖，也只需一个多小时。

关于无名湖哨所，崔大校还讲了两个细节。

第一个细节：由于上山的路太陡，给他们运粮食的马总是走得满身大汗，然后一滴滴地渗到装米的麻袋里去。由此，每一袋米都充满了马汗的味道，无论怎样淘洗都洗不掉，在那里吃的米饭，全是这种味道。当然，崔大校说这样的情形在其他一线哨所也有。

第二个细节：崔大校和工作组离开连队时，连队派了好些兵护送他们。崔大校说，不要去那么多人了，下去上来的，太辛苦了。不想连队干部小声告诉他，这对战士们来说，是美差，都争着想去。虽然爬上爬下很累，可毕竟能走出他们成天蜗居的小天地，能看到树，看到溪水，能新鲜一阵子呀！

我听了之后，又犯了女人心软的毛病，就问，为什么不能把这个边防点往下移8公里呢？那战士们不是好过得多？

话一出口，我就意识到自己太幼稚了，不，是太愚蠢了。

崔大校简洁地说，不行。我们的哨所只有在那个高度上，那个点上，才能很好地监控对方情况，才能应对敌人的不断蚕食。再说了，无论哪个一线哨所都很艰苦，都不可能享受，旺东也有旺东的苦。

我说旺东能苦到哪儿去呢？环境那么好。

崔大校说，我只跟你说一点，旺东晒不到太阳。一年有 300 天的大雾，潮湿得不得了。你知道不知道，旺东连队有个特殊编制，就是晒被员。

晒被员？这让我好奇。

原来，旺东常年大雾，难见太阳。战士们虽然住在吊脚楼里，也躲不过潮湿的侵入。雾是无孔不入的，即使不开窗户，它们也会从一些墙壁的缝隙中涌入。墙壁渗水珠，房顶上也滴滴答答地往下滴水。官兵们洗了的衣服从来没有晾干过，只能用火烤干。盖的被褥更是常年潮湿阴冷。每天晚上睡觉，不是被子温暖身体，而是身体烘烤被子。烤干了，第二天又被雾水浸湿。所以旺东的兵，几乎个个都有关节炎。所以旺东的连队，就有一名晒被员。

晒被员可不好当，必须动作麻利、反应敏捷，抓住太阳突然出现的那一刻，把连队所有的被子都抱出去，抱到有阳光的地方铺开来。再在太阳离开前迅速将所有被子收回去，免得雾气来了白辛苦一场。旺东连队就发生过晒被员为了赶着晒被子和收被子，累昏过去的事情。

所谓镇守边关，在他们那里是非常具体、非常感性的。体现在每一个白天、每一个夜晚，体现在吃什么样的饭、喝什么样的水。过什么样的日子，是天天吹风的日子，还是天天下雨的日子，对于他们来说是不可选择的，只能接受和面对。

离开边防连时，我再次遥望对面那郁郁葱葱的山峦。遥望那个我看不见的艰苦哨所，遥望那个在地图上没有名字、小而又小的地方。我为自己不能上去看他们感到遗憾，感到歉意。我只能在这里，在纸上，向他们致以遥远的但却是非常真诚的敬意。

2005 年初夏西藏归来

云端哨所

　　早上 8 点 20 分，我们离开亚东县团部，去东嘎拉哨所。

　　东嘎拉是亚东县所属的 5 个山口之一，其余 4 个，有著名的乃堆拉和则里拉，还有詹娘舍和卓拉。其中海拔最高的是卓拉，4687 米，然后是詹娘舍，4655 米，然后是则里拉，4365 米。然后才是我们今天要去的东嘎拉，4300 米。

　　无论海拔多高，这些山口都有我们的哨所常年守卫。他们在雪山之上、云端之上，保卫着祖国边境的安全。士兵们的艰苦和不易，非一般人能够体会。尤其到了冬季，大雪封山，一堵就是半年，那种蚀骨的寂寞，让人发疯的安静，需要很强的意志力才能够承受。虽然士兵们一年一换，但那一年，已经等同于千锤百炼了。我总是想，在那里待过一年的人，就没什么困难不能克服了。

我去看他们，心里怀着歉意。这样的歉意，是由衷的。

最初我们沿着一条叫卓木玛曲的河走，一段时间后，我们就离河上山了。山中郁郁葱葱。一个回头弯之后，我看见我们身后的路如蛇一般缠绕在山腰。海拔迅速升高。山路很陡，真正地在爬山。因为我们要从海拔 2900 米的地方，一下子上到海拔 4300 米的地方，垂直升高 1300 米。其实路程不长，就是 20 多公里，但海拔落差大。

到一个交叉路口，带队的崔大校给我们介绍说，往那边上去是则里拉，往那边上去是乃堆拉，詹娘舍还要远些，我们这次去不成了。

我知道，那都是些赫赫有名的哨所，以其艰苦著名，也以其重要而著名。

100 多年前的冬天，冰天雪地中，英国侵略军就是从则里拉山口偷越过境，进入亚东峡谷，再进攻到江孜，十分猖獗地用洋枪大炮包围了整个江孜城，江孜人民奋起抗击……这便是著名的江孜抗英保卫战。

现在，我们的哨所像钉子一样钉在那里，像盾牌一样挺立在山口，像城墙那样矗立在蓝天下。有了它们的存在，一百年前的血腥入侵绝不会重现了。我在心里，向那些盾牌和城墙，致以遥远而真诚的敬意。

我们继续上山。郁郁葱葱的树木忽然没有了，因为我们已升到了雪线以上。路边只有一些低矮的荆棘灌木。铺着雪，盖着雪，裹着雪，寒冷和寒冷纠缠在一起，凝结成一个肃杀的世界。路很窄，只能勉强过一辆车。再往上，连灌木丛也没有了，只有雪，白茫茫的一片。

我们的车速很慢很慢，怕轮子打滑，也怕后面的车跟不上来。右边是峭壁，左边是悬崖，无遮无拦，只能走一辆车。好在这样的路，除了军车，没人会走，除了军车，也没人敢走，所以不必担心错车的问题。

这一路上，我们已走了很多这样的路。我知道这样的边境公路，都是我们部队自己修筑的，修筑起来非常艰难，要花很大的代价。现在我们跑的这条路，看着这么险，已经是反复重修过的，已经有很多很多的汗水和心血，洒在路上了。

行驶 27 公里后，我们的车终于停在了没路的地方，全体下车，爬雪山。真的是爬雪山。我去过几次边防哨所，但爬雪山还是第一次。

雪很白，阳光耀眼。我们要从海拔 4116 米的地方，上到 4300 米的地方，直线距离 600 米，听起来很短。可是就这 600 米，把我给累得，大喘气不止，心狂跳，前所未有的狂跳。

去过高原的人都知道，在高海拔的地方，走平地都会喘气，就不用说爬山了，何况在海拔 4000 米以上的地方。因为太累，我怕自己掉在后面，就努力往前走。这是我的诀窍，越在前面越不容易掉队。

回头看后面的人，尤其是邱将军和崔大校，他们两个都状态欠佳，一个原本身体不好，一个感冒了，但他们两个都很稳的一步步地走上来，坚决不要随行的参谋搀扶。上山之前，我们都很担心邱将军，怕他上到高处流鼻血。他不止一次在高山上流鼻血了。他贫血，嘴唇从来都是黑的。刚才下车时我跟崔大校说，要不别让邱将军上山了，让他在车里等我们吧！崔大校说，那不可能，他决不会在车里等的。果然，他和我们一起上山了，而且为了表示他没事，还边走边讲笑话。我听不清他在讲什么，但我听见了笑声。

雪不但白，还平滑整洁，没有一点儿人留下的痕迹。看来昨晚大雪后还没人走过。可惜我们的双脚把它们给破坏了，一步步地，踩下去咯吱咯吱响。我回头，拿相机照了一行自己的脚印。

忽然，我看见了杜鹃。一丛丛的匍匐在雪地里，尚未开放。叶子墨绿到黑，在雪地里坚强地支棱着每一根枝条，花骨朵紧紧裹着，好像裹着一个承诺：不见初夏的阳光决不开放。我蹲下来给它们照相。须知在这 10 天的时间里，我已看到了老、中、青、幼四个阶段的杜鹃，等于看到了杜鹃的一生。

远远的，我看见一队轻快的绿色身影从山顶下来。崔大校说，儿子们接你们来了。然后又跟我说，你拥抱一下儿子们吧。

崔大校叫所有的兵"儿子"，有时还在前面加上个"小"，或者"傻"。我没想到他会提出这个建议。可是，没有理由拒绝。

同行的导演阿岩，连忙举起她的摄像机，去拍下山的战士。我笑笑，继续埋头往上爬，却吧唧一下，摔了个跟头，还好只是就地摔倒，没有滑下去。阿岩听见我摔跤，连忙转身想抢拍，结果自己也吧唧一下，摔倒了。

　　绿色的身影走近了，前面 3 个，大概是营里和连里的干部，少校一个，上尉一个，中尉一个，他们敬礼，我还礼，然后握手。阿岩在一边催促说，赶快拥抱啊。我回头笑道：这两个儿子偏大。

　　其实我是不好意思，怕自己像作秀，尤其在摄像机面前。可是，当最后两个小兵走到我跟前时，我忍不住张开了自己的怀抱，一一拥抱了他们。他们看上去完全还是孩子，可那张稚气的脸庞已经变了颜色。就算是作秀，我也不在乎了。

　　跟战士们一起下来迎接我们的，还有几只可爱的狗狗。有一只叫黄皮，还有一只叫黑子，它们使劲儿摇着尾巴，说着它们的欢迎词。那眼神兴奋不已，它们也一定盼着有人来看它们呢！

　　我没要战士扶，自己继续往上走，还没累到那个程度。我有把握。我边走，边跟那个来接我们的兵聊天。这个时候，我希望我和他们一样是军人，而不是长辈，或者是女人。

　　40 分钟后，终于到达山顶了。站在山顶，看着自己走上来的路，我对自己的身体素质感到满意。

　　四周全是白雪皑皑的大山。连绵着，起伏着，祖露着，却没能让我产生"一览众山小"的感觉。在我眼里，它们依然雄伟，依然高大挺拔。此时是上午 9 点，阳光正年轻。我大口呼吸着缺少氧气却无比新鲜的空气，让自己狂跳的心渐渐平复。

崔大校他们开始工作了，我和阿岩去看哨所的兵。我们俩都穿着军大衣。一个兵看见我，跑过来立正敬礼，然后大声说，嫂子辛苦了！

这句嫂子，喊得我心酸。他是把我们当成家属了。

我跟他说，我不是嫂子，我也是军人。我们不辛苦，你们才辛苦。

小兵不好意思地笑笑。我从包里拿出特意带来的烟，拆开，一支支递给他们，想表达一下我的敬意。可他们全都摆手不要。我以为他们是客气，一个老点儿的兵跟我解释说，领导叫我们不要抽烟，这里海拔高，本来就缺氧，抽烟会更难受的。

我真为自己羞愧，怎么就没想到这点？拿这么个东西来给兵，还不如带点儿水果呢，哪怕带些点心糖果也好。真是后悔。

我们走进他们的宿舍，很简陋，墙上有斑斑水迹，地面也湿漉漉的，一看就很潮。战士说，房顶总漏水。

一张张木板床，铺垫得也不厚，被子倒是每人两床，但感觉还是很冷。洗脸盆沿着墙脚放在地上，毛巾叠成香皂那么大一块儿，摆在牙缸上，因为没地方晾晒。

我问，冬天是不是很冷？他们说是的，最冷时零下20摄氏度。有时雪很大，会堵住门出不去。冰一直冻进窗户里来，他们只好拿棉大衣去堵窗户。

阿岩问，能烤火吗？有个兵迟疑了一下说，可以。

我有些怀疑。我知道，在西藏，取暖是个大问题，主要是能源问题。

我又问，有电吗？

回答说，每天发电四五个小时，一般是晚上6点到10点。没有电视可看，发的电只是供战士们看看书、写写信。

在排长的宿舍，我看见了他们的书柜。两个5层高的柜子，放满了书，但几乎所有的书都旧得起了边儿、掉了皮儿，肿得像馒头。想想，幸好我们带了一些新书上来。

我们又去了厨房，很简陋，两个战士正在做饭。我看了一下盆里洗的和案板上切的，有蒜薹、大白菜、辣椒和南瓜。看来蔬菜还能够保障。一个兵说，团里每月给他们送一次蔬菜。

走出来，我看见屋檐下摆着一个很大的铁桶。我问那个是干吗的，他们回答说是接屋檐水的。接来干吗？喝吗？我又问。他们说，是的。用药片洁净一下，作饮用水。

我感到吃惊。但细细想，不喝屋檐上雪化的水，在这个高山顶上，还能喝什么水？

本想和他们多聊几句，可他们都很拘谨，问一句说一句，没有多的话。两个陪我们参观的兵，都是一级士官。小个子来自原四川万县，高个子来自山东威海，他们好像生怕我们担心似的，一个劲儿地说，我们生活没问题，现在上级很关心我们。

我不知他们是由衷这样说，还是出于懂事这样说，无论怎样，我听着心里难过。我宁可他们发点儿牢骚，说点儿怪话，叫叫苦。

走出哨所，心里特别不好受。

看到陪我们上哨所的边防团邱政委，我就走过去跟他说，哨所的宿舍太冷了，能不能给他们安上棉窗帘？邱政委说，原先也想过，但怕不透气，屋子的空间本来就小。我说，平时卷起来，下雪的时候再放下，总比他们拿大衣去堵好。邱政委说有道理，我回去就安排落实。崔大校在一边听见了，强调说，这件事必须落实，下次我来的时候要检查。邱政委说你放心，我们一定落实。

邱政委已经当了 5 年政委了，我相信他一定会落实的，但心里还是难过，不知道能为这些战士做些什么。

崔大校他们的工作结束后，我们开始把带来的书赠送给哨所。全体战士集合站好，我们将书一一送给他们。

送书的时候，我看见阿岩和战士们一一拥抱。她个子小小的，须踮起脚来才能与战士拥抱。但她依然以母亲和姐姐的胸怀，将高大的战士们揽进怀里。我相信那一刻，她的心里溢满了柔情，我相信那些年轻的士兵能真切地感受到她的柔情。对他们来说，今天将是非常难忘的一天。也许当兵的两年之内，不会再有这样的情形了。遗憾的是书太少了，更遗憾的是，我们这么匆忙就要走，不能跟他们好好地交谈，跟他们好好地乐乐，我们能为他们做的太少太少了。我们只在山上待了两三个小时。

合影留念后，我们下山。战士们纷纷来送，狗狗们也跟着送。那只叫黄皮的狗，一直送到山脚。看着我们走远了，头还在那儿一点一点地，目光有些忧伤，好像在说，什么时候再来看我们呢？

而我，不能给他们任何承诺。

（注：此文写于 2005 年，今天的一线哨所已经有了很大的变化，条件改善了很多，但依然寒冷缺氧，依然艰苦。而文中所写的邱将军，已于 2011 年 5 月病故。）

遥遥远远的路

—— 川藏公路纪行

1. 雅雨花香

虽然想走川藏线的念头在脑子里已盘踞很久了，但真的上路却十分匆忙：6月8号得到通知，9号我就去了雅安。那天下雨，雨水从成都一路送我。湿漉漉的天空下山色朦胧，满眼青绿，这几乎是后来我在川藏线上看到的主打景象了。

傍晚到雅安，川藏兵站部的部长、政委，还有汽车20团的团长政委，都在饭堂等我。他们要为我，还有一个上线的联勤部工作组送行。川藏线就是说的川藏公路，上线自然是指跑川藏公路了。我从车上跳下来冲进饭堂，雨还大着呢，一眼看见饭桌旁已坐满人了。

忽然掉到一大堆男军官中间，我有些不自在。其实这样的情况以前也出现过多次，但我每次都需要重新适应。我坐在两个政委中间，左边是兵站部的郭政委，我和他同是省人大代表，熟悉一些。正是郭政委邀请我上线，为川藏线通车 50 周年暨兵站部建部 50 周年写些文字的。右边是 20 团的贺政委，不善言辞，只是笑。我此行就是跟他的车上线。

第一次举杯之后，我感觉坐在我对面的戴眼镜的上校有些面熟，知道自己有记不住人的毛病，就赶紧点头致意。他走过来给我敬酒，说裘老师，谢谢你啊，谢谢你又为我们川藏线的官兵服务。他这一说我明白了，他正是 20 团的刘团长，两年前他曾邀请我为他们团编辑的川藏线画册写说明文字。我也站起来说些客气话。刘团长一仰脖子把酒喝掉，然后从上衣口袋里变戏法似的掏出一大把花来摆在我面前，是白兰花，香气扑鼻。我喜不自禁，连问他从哪儿来的，他抬手一指窗外说，就在我们团的院子里。知道你要来，我专门上树摘的。众人都乐，说没想到你还有这份儿心哪！刘团长兴致很好，主动要为大家唱歌。歌声一起，还真像那么回事，看似斯文的他声音颇有底气，还来点儿颤音。大家鼓掌，他又唱，连唱了好几首，还吹嘘说，我唱遍川藏线无敌手。有人就开玩笑说，你这叫表扬和自我表扬相结合。他说，是吹捧和自我吹捧相结合。饭桌上笑声一片，大家并没有因为有兵站部领导在场，上级工作组在场，或者我这个作家在场而有什么不自在，该干吗干吗，该说啥说啥。

我渐渐地被一种气氛感染，这是一种与其他部队不太一样的气氛。不过我在受感染的同时，心里隐隐担着一份心：临出发前我忽然阑尾疼。我有慢性阑尾炎，以前没当回事，现在要上线了，难免担心，真要在路上发作，自己受罪不说，也麻烦别人。

吃过饭，刘团长亲自开车送我去住处，此次他不上线，便格外尽地主之谊。我坐上车忽然"啊呀"一声，他忙问怎么了？我说我把花忘在桌子上了！他一笑，又从上衣的另一个口袋里掏出一把花来，说，没事儿，我这儿还有，树上更多。我真有些意外了，我还没见过这么喜欢花的男人呢，何况是个军人。不过我知道，一旦上线，他就会是个威严而又沉着的军官了。刘团长一再问我还有什么要求，我就说，能不能给我拿点儿口服青霉素，我阑尾有点儿疼。他说没问题，一个电话打出去，药很快送来了。但他丝毫没有表示我不宜上线。我想，也许这对他们来说是件很小的事情吧。接着他又打了个电话，叫来团里唯一的女干事尹小鸥，让她给我买了些生活用品，后来的日子证明，这些东西很实用。

尹小鸥长得白净瘦小，像个女高中生。不过可别小看她，她已经跟着车队走了一趟川藏线了。她的父亲是位老川藏线，从当战士开始在线上跑，一直到当团政委，前几年调离后仍念念不忘川藏线，用那个文绉绉的成语说，魂牵梦绕。尹小鸥从军校毕业后，本来分在成都某部的，是她父亲要她到川藏兵站部来工作。尹小鸥很听话，就从成都来到了雅安。她总是笑眯眯的，即使说起上线遇到的种种危险也是笑眯眯的，她说她那次上线吃掉了两斤糖。我想，这真是个川藏线的孩子，苦里有甜，甜里有苦。

那一夜，雅安一直在下雨。据称雅安有三大特产：雅鱼、雅雨、雅女。雅安要不下雨才不正常呢！我在雨声里一直祈求着阑尾不要再疼了，不要跟我过不去了，临睡前我又吃了两粒口服青霉素，我梦见自己去看了医生，医生揣了把手术刀说，不要紧，我跟你一起上线好了……第二天醒来，阑尾好像不疼了，可吃过早饭又疼起来。我赶紧再吃下两粒青霉素。

上午，20团的大车队分两批出发了。我跟贺政委的小车走，午饭后出发。刘团长为我们送行时，以老摄影家的派头嘱咐贺政委：看见好风景时一定要用三脚架，别嫌麻烦，不然效果出不来。我知道川藏线的许多军官都喜欢摄影，想想也是，走在那样的风景里，不咔嚓两下简直是罪过。

带着花香，带着雅雨的凉润，还带着阑尾的隐痛，我跟着贺政委和20团的全体官兵出发了。透过雨幕，我跟送行的人挥了挥手，也在心里跟自己挥了挥手。终于上线了，我想，管他阑尾疼不疼的，不能再错过这次机会了。

不知有多少人羡慕我呢！

白兰花在迷彩上衣的口袋里悄悄散发着香气。

2. 想当年

其实我不是第一次上川藏线了。

抽象地说，自1998年秋天始，为了写作《我在天堂等你》，我就曾一遍遍地走过三千里川藏线。当然，用的是眼睛、心和笔尖，因为当年 18 军的主力部队，就是从这条线进入西藏的。他们是用自己的双脚，一步步，自下而上地走进了西藏，同时还打仗，还修路，还生产，由此走出一段不朽的传说。那时我反复地看地图，看地图上的一座座雪山、一条条河流、一个个地名，以至于后来，我可以随口就说出它们的先后顺序了。我在平面的纸上努力想象着雪山的高、冰河的冷、缺氧时的胸闷，以及饿肚子的滋味，努力体验着他们的激情、他们的热望、他们的执着，以及他们承受的艰辛和困难、奉献和牺牲，在这样的努力中，去接近一种与我完全不同的生命状态。

《我在天堂等你》这本书完成后，我才真正有了一次走川藏线的机会。那是 2000 年 5 月，我们编辑部曾组织部分作家、画家走川藏线。我们从成都飞到昌都，然后从昌都坐车到拉萨。走了一个多星期，翻越了 4000 米以上的雪山 5 座，经过兵站 12 个，吃了不少苦头，但也只走了三千里川藏线的一小半，行程 1000 多公里。之所以没有走全程，老实说，是有些害怕，一是怕大家身体吃不消，二是怕路上太危险。

不过那次川藏线之行收获还是很大的，我对川藏线有了感性的认知，对高原的艰辛有了亲身的体验。我想我们还是坐车，而且是性能良好的越野车，要是靠我们自己的双脚去走，更不知会如何，也就是说，至少应该把我们可能遇到的艰辛再放大 100 倍。我也充分理解了"无限风光在险峰"那句话。路是绝对的危险，风景也是绝对的美丽。我们租的是地方车，给我们开车的司机扎西，是位跑惯了川藏线的藏族师傅，但仍十分小心，行程中滴酒不沾，把我们送到了才开戒的。

那次行程，我们还在无意中经历了一次大险。我们进藏之前，也就是 4 月份，林芝地区易贡藏布河扎木弄沟发生了特大泥石流山体滑坡，是近百年来国内发生的最大规模的山体崩塌灾害，世界罕见，体积近 3 亿立方米的滑坡堆积体形成了一个"大堤"，堵塞了易贡藏布河，导致上游易贡湖水位持续上涨。西藏自治区政府为防止泥石流山体滑坡堆积大坝溃决，派出大量官兵在大坝上挖掘引水沟渠。我们是 5 月 23 日从那里经过的，两周后的 6 月 6 日，那条路就禁行了，7 日开始引水下泄。但由于泥石流堆积的大坝土质疏松，引水沟渠不断被冲宽，11 日那天，大坝终于溃决了！

凶猛的水势将我们曾经经过的通麦大桥，以及通麦大桥到易贡茶场的整段公路都冲毁了！或者说，冲没了！所幸没有人员伤亡。

灾难发生时，我已坐在家中看电视了，看到那让我感到面目全非的陌生场景，心里真有些百感交集。我想起我们曾在通麦大桥停下来休息，因为那里有个"川藏线十英雄纪念碑"。现在那个桥没了，纪念碑也没了。最让我忘不了的是，我还在桥头遭遇了此生第一次遭遇的蚂蟥。我和一个女画家跑到树林里去方便，走出来时突然发现自己的裤脚上爬满了蚂蟥。我是个遇事从来不惊慌的人，但那天竟然发出了尖叫。几个听见尖叫的男作家和男画家迅速跑过来，一时也不知如何是好。有人说用烟熏，邓一光手上正好拿着烟，但熏了一下熏不掉，或者说一时熏不掉。邓一光就干脆用手帮我抓，一条条地把它们从我的军裤上扯出来，大概扯下了10多条！那时候我心里真是对他充满了感激，解放军也需要老百姓的救助啊！那边几个男画家也在解救女画家，惊魂甫定，我们赶紧上车，车开很长时间了，我的鞋里还爬出三条蚂蟥来，它们好像很喜欢我似的。

现在想来，那蚂蟥是在给我警告：别不把我们川藏线当回事。

后来我听说，被大塌方冲垮的通麦大桥和桥头的"川藏线十英雄纪念碑"，都重新修建了。我想象不出新的是什么样子，脑海里还是我当初见到的模样。那将是永久的记忆了。

但不管多么难忘，我的那一次行走毕竟只走了不到一半。三千里川藏线，被我扔下一大半。这事梗在我心里，老让我觉得不对劲儿。所以这次郭政委请我为川藏兵站部写东西，我马上说那我干脆走一趟吧！郭政委说没问题，我们热烈欢迎。于是时隔4年，我重新踏上川藏线。我计划从雅安走到邦达，把上次没走到的那一大半补上，贯通三千里。

出发时我心情挺激动，跟上前线似的。何况上线和上前线，本来也就一字之差。

贺政委告诉我，他们团此次的任务分三个方向，一部分到林芝，一部分到察隅，还有一部分到扎木。林芝和扎木我都去过了，贺政委说，那跟我们去察隅吧！我有点儿动心，我知道察隅的路很难走，一般人都去不了那儿。而且察隅的风景很美，有"西藏江南"之称。可我想了想，说还是算了，我走到邦达就行了，从邦达坐飞机回成都。我解释说我要早些赶回去写东西。

坦率地说，我是怕自己吃不消，也怕太危险。我并不是个勇敢无畏的人。反正川藏线并不包括去察隅的一段。我这样为自己开脱。贺政委没再动员。我觉得不好意思，又说，要不到时候再说吧。

其实此次上线，和任何一次进藏一样，我已做好了充分的心理准备和行为准备，把必须做的一些事都做了。做好这样的准备，并不是说我把事情想得多糟多悲观，而仅仅是由此表达我对西藏的敬畏。

无论去了多少次，我对西藏都怀有这样的敬畏。

3. 二呀么二郎山

川藏公路最早被叫作康藏公路，其分为南北线，南线全长 2146 公里，北线全长 2412 公里。其中要翻越多座雪山，横跨多条江河，加之地质结构复杂活跃，塌方、泥石流不断，故被中外地理学家称为"世界上最危险的公路"。

　　1950 年 18 军进藏时，只有断断续续的几截公路，到雅安尚能开车，再往里走就不行了，没有路基，多是骡马道。18 军领受任务后，开始边修路边进军。那时要什么没什么，靠的完全是官兵们的双手和双肩，他们在忍饥挨饿的情况下，在高寒缺氧的情况下，在物资匮乏的情况下，在社情复杂的情况下，历时 4 年零 9 个月，终于将路修到了拉萨。1954 年 11 月，川藏公路与晚动工 4 年的青藏公路几乎同时通车。可见修建川藏线之艰难。在这 4 年时间里，有 4963 名官兵牺牲在川藏线上。就是说，川藏线的每一公里都是用生命铺就的。在川藏公路通车的同时，川藏兵站部成立，汽车兵开始了高原行。

　　50 年过去了。这 50 年里，只有 2002 年这一年川藏兵站部是零伤亡。也就是说，在此之前和之后，每年都有官兵牺牲在川藏线上。上线和上前线，不仅仅是一字之差啊！

　　川藏兵站部虽然驻在雅安，川藏线的起点却在成都。成都南二环路靠近成雅高速路的一个路口，就竖着一块大牌子，上面写着川藏公路。每次我看到那块牌子，都有一种异样的感觉，心里会咚咚两下。不过站在那里，你一点儿也感觉不到川藏线，你甚至嗅不到它的一点儿气息。它不过是川西平原上一条普通的路。

让人真正感觉到川藏线锋芒的，是二郎山。

按计划，我们第一天只到泸定。雅安到泸定，也就 100 来公里，下午出发，晚饭前就到了，而且轻轻松松的。可我知道，在 1998 年以前，雅安到泸定这段路程，车队走一整天都很费劲儿。常常是两头摸黑，其原因就是要翻越大名鼎鼎的二郎山。而翻越此山，很少有不出什么问题顺顺利利过去了的。

二郎山以前并不出名，和所有的山一样默默无闻。它第一次被人发现大概是 1940 年，著名画家张大千和叶浅予曾到此写生，深为它的美丽所折服，回去后告诉了不少同行和朋友。但之后还是没什么大名气。直到 20 世纪 50 年代初 18 军修路进藏，它才再次被发现。当时 18 军第一个要翻越的雪山就是二郎山。部队此前一直在平原上作战，没有上过高原，现在不但上了高原，还要边进军边修路，并迅速去适应高寒缺氧的气候，故亟须一首鼓舞士气的歌儿。文艺工作者们一时找不到合适的，就把当时唱大别山的曲子给挪用过来，重新填了词，把"大呀么大别山"，改成"二呀么二郎山"，没想到这一唱，把二郎山给唱火了：

二呀么二郎山，

高呀么高万丈，

古树荒草遍山野，

巨石满山岗。

羊肠小道难行走

康藏交通被它挡那个被它挡……

二郎山从此闻名于世。

其实单从海拔上说，二郎山在川藏线上排不上号，3400米，"高呀么高万丈"也就是那么一唱而已，真要高万丈，那还不超过珠峰了？但因为它的路太险了，是三千里川藏线的第一道险关，被人们称为"天堑"。这里常年有冰雪、暴雨、浓雾、泥石流，致使该路段滑坡断道频频，加之全年四分之三的雨雪天气，交通运输极为困难。当地有谚语曰："车过二郎山，像进鬼门关，侥幸不翻车，也要冻三天。"据说从它可以走车的那天起，每天都有人在此丧生。

18 军进藏时，二郎山还没有可行车的路。所以他们得"边进军边修路"。修路的第一道难关就是二郎山。那时山上的路只是简易的泥土路，是那些采药的、砍柴的、赶骡马的人踩出来的。要修公路完全得从头开始。我看到过一张解放军在二郎山开山凿石修路的照片，他们穿着棉衣，身上绑着绳子吊在半山腰上，一个扶着錾子，一个挥着铁锤。除了镐头、铁锤这些简单工具外，没有任何机械设备，与世上其他筑路人截然不同。当然，截然不同的还在于他们有一首响亮的歌：

> 二呀么二郎山，
>
> 哪怕你高万丈，
>
> 解放军，铁打的汉，
>
> 下决心，坚如钢，
>
> 要把那公路修到西藏！

我在写 18 军进藏这段历史时，经常会想到这样一个问题，就是人的精神力量究竟有多大？究竟能转换成多少物质力量？若放到现在，他们那样修路还不等于是蛮干？肯定是非科学的、不人道的。可放在 50 年前，路就是这么修出来的，路也只能这么修出来。这样修出来的路，竟然也过了千千万万的车。

二郎山有个显著特征，山这边植被很好，全被浓绿茂密的树和灌木覆盖着，很满足很富裕的样子，一翻过去就变了，光秃秃的山石显露出来，树木稀少，很有些忧愁和贫瘠。同样，山这边雨淅淅沥沥的、湿漉漉的，一翻到山那边就阳光灿烂了，高原的紫外线顿时强烈起来。山顶跟分水岭似的。

二郎山虽然危险，景色却十分优美。山上有一观景台，实际上是一处悬崖，中间夹着一深涧。对面是冰峰层叠，为上古冰川的尾端，庄严、静穆；下有青衣江的涛声，日夜不息，两边是茂密的松林，山风吹过，松涛阵阵。每年五月，坡上的大小杜鹃怒放，红的、蓝的、紫的、白的，交相辉映，美不胜收。

当然，这些奇观美景我没见过，是看见书上这么形容的。眼下也看不成了，因为我们的车队再也不用冒险翻越二郎山了。为了改变川藏线的路况，减少其危险艰难，1996 年，二郎山隧道开始动工兴建，总投资达 4.7 亿元。经 28 个月的艰苦奋战，于 1998 年年底贯通。全长 8660 米，其中主隧道长 4176 米，海拔高度为 2200 米，是国内已贯通的公路隧道中最长和海拔最高的一条。有了二郎山隧道，原先要跑大半天的路，现在几分钟就能过去。

我们到达二郎山隧道口时，天还在下雨。我下了车，在雨中向这条全长 4 公里多的隧道致意，向全体修建者们致意，也向曾经翻越二郎山的英雄们致意。我不是英雄，我也不可能再做这样的英雄了。但就像我不能看到二郎山的杜鹃一样，我不感到遗憾。反正前面还有好多山等着我呢，能少冒险还是少冒险的好。

隧道洞门修建得很漂亮，有着浓郁的藏民族风格，隧道口旁立有石碑，记载了修建的时间和工程单位。我们驶入宽宽的隧道，车子平稳快速。我有意看了一下时间，穿越整个隧道不到 3 分钟。3 分钟前在天全县，3 分钟后就在泸定县了。

真是"天堑变通途"啊！

4. 泸定兵站泸定桥

提到泸定，很多人就会想到泸定桥，还会跟着想到"飞夺"二字。当年红军飞夺泸定桥的传奇故事几乎家喻户晓，连小学语文课本里都有。

其实泸定桥很早就有名了，因建在大渡河上又叫大渡桥。桥长 103.67 米，净宽 3 米。在建桥以前，大渡河上的交通是靠泸定附近的三个渡口来承担的。夏秋季节河水湍急时，不仅船渡异常危险，也难以满足交通的需要。康熙四十四年（1705），当地战乱平息后，政府遂造铁索桥。在当时的条件下，于悬崖峭壁之间建一座跨过急流的铁索桥，是相当不易的，泸定桥因此而闻名。当然，泸定桥出大名，是因为红军。

而我熟悉泸定桥，是因为 18 军。

那时为了写作，我翻阅了不少相关的资料。从中了解到，18 军当年过泸定桥时，还赶着骡马，也有少量汽车，汽车是拆散了用船运过去的。运之前，汽车上的物资还得先卸下来，很是麻烦。但最"麻烦"的还不是汽车，而是女兵，有些胆小的女兵不敢过这个晃来晃去的铁索桥。虽然前面没有枪林弹雨，但那时桥上的木板稀疏朽烂，桥索也没有今天那么坚固，面对桥下雷声般怒吼的河水，她们有些胆怯。毕竟都只是些十七八岁的小姑娘，最小的才 13 岁，害怕很正常。后来，她们还是咬着牙全部过去了，过去之后脸色苍白，抱在一起跳脚欢呼。那时她们不知道，她们的前面还有千辛万苦、千难万险。

我们到达泸定时天还没黑，但贺政委急于赶到泸定兵站去看他的车队，我们就没去看泸定桥，直接去了兵站。反正桥在那儿等我们。

泸定兵站是我们此行经过的第一个兵站，原先的第一个兵站是新沟兵站，二郎山隧道修通后，车队一天就可以赶到泸定，新沟兵站便撤销了。路过新沟兵站时我们也进去看了一下，只有几个留守的官兵在那儿，院内荒草丛生，很难想象曾经的热闹和繁忙。上路前我已想好，此行要在每个经过的兵站留个影，可是过新沟兵站我却没想起来，大概它的确已不像兵站了。在泸定兵站，我站在牌子下照了此行的第一张照片，牌子上写着"泸定兵站，海拔1230米"。

大车队陆续到达了。停车场上车子满满的，整整齐齐的。那可真叫整齐，横看竖看都是一条线。汽车兵们正忙着洗车、擦车并检修，一边干一边闻着厨房飘出来的香气，肚子咕噜噜地叫，只等着那声哨响了。

而厨房里，正忙得不可开交。只要有车队过，兵站的全体官兵都会忙得四脚朝天。现在上线的汽车兵的伙食标准大大提高了，所以每顿饭就必须得弄出够标准的菜来，至少六菜一汤。光洗洗切切就得大半天。如果吃包子就更"惨"了，就算一个兵吃两个吧，500个兵就要吃1000个，1000个包子就是找一群巧媳妇来包也得忙上大半天。而兵站里满打满算也就20来个大男人，每个大男人至少得包50个包子。何况一个兵吃两个包子是不够的。

我吃了一点儿东西就离开饭桌了，阑尾仍在作怪，我进到大食堂去看连队的伙食。真不错，有肉有鱼，还有蒸蛋。连队吃饭的哨音终于响了，汽车兵鱼贯而入。但一下到了4个连，食堂装不下，得分两批。虽然已经饿得够呛了，他们也还得按部就班，集合唱歌，一个程序不能少。

等两次开饭结束，已经近晚上9点了。兵站的人收拾完厨房，和好第二天要用的面和肉馅儿，就深夜了。赶紧睡上一小会儿，凌晨三四点钟又得起来熬稀饭、包包子了，车队7点就要出发，得让他们吃得饱饱的上路。

以前吃包子时我可真没想过这个问题，今天才知道包子来之不易呀！

兵站的食堂里挂着大幅标语：爱着汽车兵，想着汽车兵，为着汽车兵。

做到不容易。

泸定那一夜我没睡好，当然不是因为惦着包子，而是窗外彻夜轰响的车流声和喇叭声。没想到这条路上的运输会如此繁忙，会有如此多的人不顾危险走上这条路。

第二天一早我们离开兵站时，停车场上空空荡荡，大车队早已出发了。

我们就去看那著名的桥。

泸定桥现在已成了文物，成了风景，过桥要买门票了。在大渡河的上游，又新修了一座桥，可以走人，也可以通汽车。站在晃晃悠悠的泸定桥上，望着脚下滔滔东去的大渡河水，我又想起了那段历史，想起了18 军的女兵：

就在那些女兵有些害怕不敢上桥时，有个人站了出来，她平静地说，同志们，都跟我来吧。原来是她们的队长。队长挥了一下手，就踏上了桥。很快，女兵们一个接一个的跟上去了，一句话也没有再说。她们没法不跟上去，因为队长的背上，背着她不到 1 岁的儿子。一个 1 岁的孩子走在前面，你能不跟上吗？

——摘自裘山山《我在天堂等你》

当初我读到这段文字时，很为这位母亲骄傲。

泸定桥，你还记得这位母亲吗？

5. 贺政委的川藏线

跟贺政委上线，你可以有比较多的时间沉思，因为他不爱说话。碰巧我们一车的 4 个人都不太爱说话，除他之外，还有组织股吕股长、司机杜军和我。于是车上多数时候都处于沉默状态，连音乐声都没有。

贺政委开始还回过头来给我介绍情况，团队的、线上的、兵站的，等介绍得差不多了，就不再开口。若开口，必是在操心车队。一会儿说，前面肯定下雨了，河水涨这么厉害。然后叹息说，今年雨季来早了，雨水一多，山就容易垮塌。一会儿又说，太阳这么大，东风车翻山最容易发热了，必须把车速压着慢慢走，康明斯就好些。再过一会儿又说，对面怎么没车过来，前面是不是堵车了？

我们在康定兵站吃了午饭出发，翻越折多山。翻到一半，老远就看见停在山腰上的车队，黑色长龙一般。果然被贺政委说中，堵车了。贺政委不清楚原因，神色有些焦急，杜军就开着车从车队旁慢慢向前移，每经过一辆车，车旁的战士就立正敬礼，倘若没下车，也坐在驾驶室里敬礼，全是训练有素的样子。我们的车移了一段移不动了，吕股长就跳下车来步行向前，过一会儿他回来汇报说，是一辆地方上的装变压器的车超重，压断了一座桥，汽车团的官兵正在疏通便道。

贺政委说了句"我去看一下"，就下车到前面去了。

我只好看风景。

折多山海拔 4300 米，又是雨又是雾。但透过雨雾，能看见山坡上还未凋谢的杜鹃。现在是 6 月，倘若是 5 月，我知道这整架大山都会铺满盛开的杜鹃，那壮观的景象我在加查山见过，因此写了篇散文《梦里杜鹃》。我还是在西藏才弄明白的，这里的杜鹃是高海拔植物，你若挖一棵拿回成都去养，它必死无疑，死因大概是醉氧。因为它们从生下来就没有呼吸过含有足够氧气的空气，习惯了。

尽管山上的杜鹃已经不多了，已经是一派残破的景象了，我还是忍不住想拍照片。我拿着相机跳下车，杜军也跟贺政委似的笑眯眯地说，光线不行，太暗了。我不管那么多，还是对着远远近近的杜鹃拍了几张。

路终于疏通了。贺政委回到车上，放松了表情说，你不知道，我一看见车队停下来心就紧，生怕是我们的车出了什么事；走在路上听见电话响心也紧，害怕有什么不好的消息。

我没有说话，一时还不能体会他的这种感受。

我们继续往前走。走了没多远，看见前面又停着长龙似的车队。受贺政委的影响，我也操心起来，我说怎么回事啊？又堵了？这回贺政委很有把握地说，没事儿，他们在等后面的车队，按要求不能拉开太大的距离。

原来如此。我们从车队旁走过，又一次接受战士们的一个个军礼。贺政委一一还礼，他忽然瞥见一个兵在嚼饼干，便自言自语地说，娃娃们饿了。过了一会儿又说，娃娃们饿了。那口气，像个慈祥的老父亲。

我正想发表看法，他自己先笑起来，说，怪得很，我现在看见战士，不说是做父亲的感觉，起码是做长辈的感觉，很心疼他们。我说，可不是，我也觉得你像个父亲似的。其实我知道，他不过刚刚 40 岁。他又说，每次送战士们上线，我心里都揪得很紧，生怕他们中有谁出意外，有谁回不来。

我心想，看来这位政委生来是个操心的命。

他忽然指着一个兵对我说，这个兵很好，去年在路上捡了一个包，里面有一万八千块钱，交给了领导，后来找到了失主。我连忙回头去看，还没看清呢，他又指点说，这个兵也很好，在走留问题上表现得顾全大局，现在是连队的骨干。

我说，你能叫出所有兵的名字吗？他说不行，那些特别好的，或者特别让人操心的，我可以叫出来。大多数叫不出来。

我想这跟学校的老师差不多，比较容易记住优秀生和后进生。

贺政委说，其实兵都挺好的，偶尔犯点儿错误，也是因为太年轻不懂事。有时候他们违反了纪律，按规定要给处分，我都觉得不忍心。你想，他们上线那么危险，经历了那么多生生死死，还要处分他们。可是再一想，不严格要求的话，以后更容易出问题，所以还是得按规定来。平时严格一些，就是为了他们上线不出事，是为他们好。他们以后会明白的。

我说，我觉得你对川藏线好像特别有感情，也特别揪心。

贺政委说，你说对了，我妻子原来就在拉萨工作，我岳父是老 18 军的，在昌都（川藏线上的一个重镇）工作了 20 多年。我们一家都和川藏线有关。

过了一会儿，他又低低地加了一句，我最小的弟弟就牺牲在川藏线上。

我惊愕不已，好一会儿才问，他也是汽车兵？

他点点头说，18 团的，牺牲的时候才 20 岁出头。

一切的一切都明白了。为什么他那么操心，为什么他那么牵挂，为什么他那么忧愁，为什么他那么沉默。这是他的川藏线哪！这些山脉，这些河水，这些云团，这些花朵，无一不被他忧伤的目光反复注视过，甚至被他的泪水浸泡过。

我说不出安慰的话来，只有沉默。

贺政委又说，这么多年了，我每上线一次就要难过一次，每上线一次就要内疚一次……我是大哥，我对不起他，对不起父母。

最后又说，所以我把名利看得很淡了。

6. 美丽新都桥

因为在折多山堵了一个多小时的车，我们到新都桥已经晚上 7 点了。进入兵站，看到先我们而到的汽车兵正在集合开饭。我觉得有点儿头晕，新都桥海拔约 3500 米，有点儿高原的意思了。也许头晕不是因为海拔，是坐车坐的。

兵站门口摆着一张桌子，桌前坐着一位年轻的文职军官，我猜是医生。一问，果然是兵站下来代职的医生，军医大毕业。想当年一定是高考中的佼佼者，须知军医大是很难考的。我问他来多久了，他说 3 个月了。可看他那张黑红的脸，就像是已经待了 3 年。我问他还要待多久，他说还有半年，跟今年最后一趟上线的车回去。

都不容易，我想，凡在川藏线上的人，都不容易。

在新都桥，我们遇见了比我们先到的联勤部工作组的 4 个军官，上校、中校、少校、上尉，阶梯似的四个军衔，有趣。其中有两个是头一回进藏，我半是关心半是摆谱地说，怎么样，有反应了吧？两个都点头。我说，医生，给他们俩量量血压。医生就给他们量，结果只有上校偏高。那两个看自己没事儿，一下气焰高涨，说：作家，我们晚上又来打双扣！我说我不和你们打了，你们太厉害。在康定我和他们打过，他们精得不行，好像两副牌都摆明了看着打一样，让我自卑。自卑的事不能多干，咱得扬长避短。

我就去看黑板报，让自己显得像个作家。黑板报上有4句话吸引了我，它们不是大口号，也不是小口号，而是拉家常。我连忙拿本子记下来：孝敬父母寄一点，合理开支花一点，学习提高用一点，储蓄所里存一点。说得多好。现在战士的津贴是我们那会儿的十好几倍，加上这里还有高原补贴什么的，所以让战士合理开支十分重要。这是在替父母管孩子呢。我由此对兵站的领导留下了好印象。

贺政委说，明天一早我们就出发，说不定能拍点儿好照片。

他这一说我才想起，新都桥的美景是出了名的，来之前我就知道了。当时我去医院看一位边防司令员，那医院的副政委是从川藏线下来的，抱了几大本影集让司令员看，其中有几张风景特别美丽，他说那就是新都桥。

新都桥是川藏线上的一个小镇，只有一条街，抽支烟就走完了。它的藏语名字叫东俄罗，为何又叫新都桥，我始终没搞明白，我也没见着什么特别的桥。如果说新都桥的特点，那就是从这里开始，人们渐渐以藏式口味为主了。糌粑、酥油茶、牛羊肉随处可见。另外，它地处交通要道，向东可以到康定、海螺沟，向西可以到理塘、稻城，向南可以去凉山州，向北可以通塔公草原和丹巴。这些年，海螺沟、稻城以及塔公草原等景点不断升温，路过新都桥的游人也就随之增多，于是人们很快发现，新都桥的景色一点儿也不亚于海螺沟或者稻城，那里的草原、小溪、山峦、藏寨、古木，还有远处的贡嘎山雪峰，加上高原神奇的光线，随便一拍都是可以作挂历的。于是新都桥名声越来越大，被誉为"摄影家的天堂"。

早上6点我们就起床吃饭，7点整装待发。

其时，车队也正鱼贯而出。

　　早上其实是被军队出操的声音吵醒的。望出窗外，军队已经准备出发了。下楼去观看，感觉军队真是很壮观：百十号人集合于车前，军官训话完毕，跑步来到各自车前，一吹哨，全都上了车，再一吹哨，一起关上了车门。虽然那是很多辆车，但我只听到了一声关门的声音。

　　这是我在网上看到的一个自驾旅行者写的一段话，说的就是在新都桥兵站看到的景象。我摘下来了，因为我觉得用老百姓的话表扬车队更真切。

　　我坐上车，却见贺政委还在那里和人说话，我想，他怎么不急了？不抢拍晨曦了？他走过来跟我说，一营教导员昨天下午心绞痛发作，一夜情况都不好，准备叫他今天返回雅安。我一听有些紧张，心绞痛可不是感冒、胃痛。我连忙跳下车跟贺政委一起去看他。

　　教导员睡在床上，脸色很难看。贺政委安慰了他几句，然后嘱咐他返回搭车时一定要选择公车，车好一点儿的，司机看上去可靠的。我很奇怪，走下来问，为什么要搭车？不能派车送他吗？贺政委说，只能搭车。营里干部上线都是坐的大卡车，总不能让运货的大卡车送他回去。我这才知道，一旦上线了，即使你生病要回内地，也不可能有专车送你的。这么一想，我忽然发现我的阑尾已经不疼了，真不枉吃了四板青霉素。

迎着霞光我们出发，迎着霞光我们停车。因为耽误了点儿时间，等我们赶到最佳拍摄点时，太阳有点儿冒凶了，很刺眼。贺政委差不多是小跑着冲向河边的，端着相机就跟端着枪一样，紧跟其后的是吕股长和杜军，一个抱着三脚架，一个端着长镜头，三个人组成了小规模冲锋队，好像要抢夺阵地。我想我反正也拍不出什么佳作，索性边走边看。

景色确实美丽，美丽得让人心醉，除此我无法形容。一遇到美景，我就为自己拥有的词汇量汗颜。当然，我也有我的见解，我觉得新都桥美景，或者说川藏线上的所有美景，都不在于草地、河流、雪山、藏民房，或者经幡，而在于色彩，在于静谧，在于你呼吸到的清新无比的空气，在于你脸颊上掠过的湿润凉爽的风。那比蓝更蓝的天，比白更白的云，比绿更绿的草，同时出现在一种超然于尘世的安详宁静里。由于静，你能听见溪水的声音，虫鸣的声音，树叶絮语的声音，甚至云朵在山上跳舞的声音。在我看来，再好的摄影师也无法把这里真正的美拍出来，因为欣赏它不仅仅需要眼睛，还需要听觉、嗅觉，乃至触觉。你要想真正感受到它的美，你就得走到它的身边去。"距离产生美"这话在此无效。

尽管阳光已经灿烂，也还只是早晨 8 点，晨雾在山腰上缥缥缈缈、变幻多端，或者那应该叫作"山岚"。我也按捺不住，对着飘忽的山岚拍了好几张。

陶醉一会儿我就受不了了，脸上发烫。赶紧回车上找防晒霜来擦。刚一开盖儿，白色的霜体就冒了出来，弄得我满手都是。我知道这是高原特有的现象，气压太低所致。我舍不得浪费，一股脑儿全擦脸上、胳膊上了。打开笔想写点儿东西，墨水也冒出来了。这里顺便讲点儿上高原的小常识啊，带笔一定要带有笔帽的，不然会弄得你口袋里到处是墨水。

贺政委终于心满意足地上车了，上车后说，下半年我还要来照，秋天的景色更好。

那是不一样的，我想。不过我没说。

7. 越来越高

　　从新都桥到雅江，一路好风光。中间的高尔寺山路况也不错，因为植被好，所以上到山顶也不觉得缺氧。下山便是雅江县城，手机有信号了。我说我想给父母打个电话，因为今天是星期六。贺政委就让停车。

　　车就停在雅江县逼仄的街道旁。

　　街上人不多，但挺嘈杂，主要是车多，而且胡乱地鸣笛。我努力排除干扰，跟远在杭州的父母说话。父亲从来电显示上看出我不是在家打的。对此我早有思想准备，我说我在雅安呢，下部队采访。撒个一字之差的谎我还比较自如，虽然雅安雅江相距 300 多公里。父亲没有丝毫怀疑，就说他和母亲一切都好，叫我放心。还说母亲最近在看《大明宫词》，看得很上瘾。我心里踏实了，暗自感谢《大明宫词》的制作者们，否则母亲来接电话，就会比父亲盘问的多一些。转头见贺政委他们在路边等着，便匆匆挂了电话。

　　我跟贺政委解释，由于长年不在父母身边，所以我给自己规定，无论身在何处，无论遇到何事，每周六必须给父母打电话。这么十多年下来，父母已经习惯，我若不打过去，他们就会打过来，他们一旦打过来就该知道我进藏了。虽然我已进藏多次，可每次母亲都担心，总是说别去了，别去了。所以我得先瞒着他们，其他的回去再说。

毕竟现在走一路都可以打电话了，走到千山万水之外，也不觉得自己离家很遥远。不要说比 50 年前，就是比 10 年前，也已经是天翻地覆的变化。1989 年我第一次进藏时，一个月没和家里通音信，写了张明信片给儿子，也是等我回到成都后才收到的。后来有了卫星电话，有很大的回音，还动不动就断了。所以当我从报纸、电视上看到通往拉萨的光缆工程完工时，真是很喜悦。没有在那里走过的人，不会有那样的喜悦。

不扯远了，还是说眼前的雅江。雅江古时候并不叫雅江，叫"河口"，藏语称"亚曲喀"，因为雅砻江由西北向南纵贯全境，后来就更名为"雅江"了。从江对岸看过去，县城坐落在雅砻江畔的悬崖峭壁之上，形成一个很大的落差，挺特别。所以雅江也叫"小山城"。也的确小，总人口不到 5 万。我们的车差不多 5 分钟就穿城而过了。

出县城又行驶了十多里路，才到雅江兵站。手机没信号了。雅江兵站正在修建，完全是个工地的样子，我们在那里匆匆吃了午饭又接着赶路。晚上要住宿理塘。而从雅江到理塘，还要翻越3座大山。也就是说，我们今天一天之内要翻越4座大山，海拔均在4000米以上，且越来越高。它们分别是高尔寺山、剪子弯山、卡子拉山和鸡玛拉山。不过后面3座山基本上是连在一起的，所以公里数并不算多。

因为吃了午饭，也因为海拔升高，我开始犯困。我也不管那么多了，就让自己昏睡过去。后来我才知道，我昏睡过去的那座剪子弯山景色很美，有些地方的景色很像新疆的阿勒泰山脉，墨绿色的森林，浅绿色的草地，瓦蓝瓦蓝的天。好在返回时我把它弥补上了，看了个够，还拍了照。

等过了剪子弯山，我一觉醒来，车已停在一个兵站内了。下车一看，是著名的135兵站——以艰苦著名。当初建这个兵站时此地没有地名，因为距新都桥135公里，人们就根据它与新都桥的距离为它命名了。它的海拔为4108米，比雅江升高了接近1000米。但上面有关部门在规定高原补贴时，是以公路为界划分的，公路上面的按理塘标准，公路下面的按雅江标准。135 兵站刚好建在公路下，也就是说，一条公路把他们的补贴给降低了一个等级。几乎每个到过 135 兵站的人都会为他们感到委屈，但几乎每个在 135 兵站工作过的人都只是笑笑，说总得有个标准。其实 135 兵站条件相当艰苦，它前不着村后不着店，像个孤岛，还是个缺氧的孤岛。我不能想象如果我在这里工作会怎样。

上川藏线对我来说，就好像是一次幸福观的教育。什么是幸福？吸足够的氧，吃足够的新鲜蔬菜，脚下有青草，头上有树，出门有商店，打电话有信号，就是幸福。可为什么我还总是不快乐？看来我需要经常进藏接受教育。

院子里横七竖八地卧着七八条大狗，差不多有一个班的编制。全是那种红眼睛的凶狠的藏獒，即使不是纯种的，至少也是带藏獒血统的，传闻它们很凶，攻击敌人时像狼一样。但平时看上去却一点儿不可怕，趴在那儿懒懒的，无声无息的。你从它身边过，它眼皮都不抬一下。兵站的人告诉我，它们认识军装（含迷彩服），过往的兵车、军人通通无事。等天一黑，它们就会趴到各自的岗位上去，兢兢业业地站岗执勤。盗贼胆敢侵犯，坚决把他消灭！

我们到时是下午 2 点多，刚好有两个连队吃过午饭要出发。锣鼓声响了起来，我跑出去看，是两个兵在门口敲打着，听那动静还以为是威风锣鼓队呢。站长告诉我，无论人手再少，大家再忙，他们都不会减少这个程序，锣鼓迎接，锣鼓送行。

我又想起我在几个兵站见过的标语：爱着汽车兵，想着汽车兵，为着汽车兵。这大概是所有兵站的宗旨。可是我想，谁来爱着兵站、想着兵站、为着兵站？除了他们的亲人，应该是兵站的领导了。

从 135 兵站出来，我们继续上山，海拔继续升高。我还是昏昏沉沉的，但不好意思睡了，就翻出零食来吃。吃了块巧克力，又吃了颗话梅。这时我理解尹小鸥上一趟川藏线为什么吃了两斤糖了，打发时光啊，提神哪！贺政委看我吃，连忙说，我们也准备了好多吃的。吕股长就扭转身到车后翻，翻出一大堆，又是牛肉干，又是巧克力，又是豆腐干，又是口香糖，还有洋参含片，一个劲儿往我怀里塞，搞得我十分不好意思。贺政委说，我们上线一般不带吃的，这次知道你要来，专门买了一些。我说你们也吃嘛。贺政委说，我来补点儿维生素吧。他把茶水倒掉，往杯子里搁了片维生素泡腾片，觉得不够，又加了一片。这下好，等到了鸡玛拉山顶，我们下来照相时，贺政委发现他的维生素水变成黑色了：原来是浓浓的维生素把他茶杯里的老茶垢给洗下来了。他把水倒掉，杯子一下光洁如新。杜军、吕股长和我一看全乐了。我开玩笑说，你可以申请专利呢，去茶垢新方法。贺政委怪不好意思。我们车上总算有了难得的开心一刻。

鸡玛拉山山顶与其他山顶一样，也飘扬着五色经幡。简单地说，五色经幡就是印有经文的五彩的旗帜。藏民族有个宗教习俗，要在当地最高的山顶挂五色经幡，据说风每吹动一次经幡，就代表他们向上天念诵一次经文。不同之处在于，别处的经幡都随意牵根绳子挂着，这里的经幡却像是专门设计过的，呈立体三角形，或者说呈圆锥形，一副欲与大山试比高的样子。

贺政委他们又冲锋般爬到经幡跟前去拍照了，我就一个人在那里看山。

站在鸡玛拉山山顶，你就真正能感受到高原了。一览众山雄伟，我脑海里马上冒出朱苏进的名言：山是站起来的大海，而且依然是波涛汹涌的大海——这后一句是我说的，所以不太像名言。黛青色的山峦一直涌到天边，山峦上是厚重的白云。白云变幻莫测，山的颜色也因此变幻莫测，一会儿翠绿，一会儿藏青。你望着它们，时间久了，就能感觉到浪在起伏，在翻滚，在发出汹涌的波涛声……

我忽然想，一个人站在这样的高原上，是不会觉得自己渺小的，晒着大太阳，吹着大风，踩着大山，真正的顶天立地呢！

8. 女老板的川藏线

在鸡玛拉山的山腰上，我们停车小憩。路边有几家小店。一个开店的女人热情地招呼我们进去坐，我们说我们不吃饭。她说没关系，进来坐坐嘛！样子很诚恳。她男人也放下手上的活儿请我们进去坐，还要给我们泡茶。

我理解了，他们是有些寂寞，想和我们说说话。

我就站在店门口和她说话。小店由厚木板搭建而成，此地四处无树，也不知是从哪里弄来的大木板。

门口的招牌上写着：大河边雪鱼店。我奇怪为什么不叫大青山雪鱼店，更贴切啊！女店主指着房后说，那里有条河，河里有鱼，当地人叫雪鱼。我听她说四川话，就问她是四川哪里人，她说绵阳的。我知道在川藏线上打工和开店的四川人很多，但还是奇怪她为什么选择这么个地方，海拔那么高，位置那么偏，连棵树都没有，前不着村后不着店的。她笑笑说，我爸爸原来是这儿的养路工人，在这儿干了几十年，我从小就在这儿。

我明白了。又一次想，凡在川藏线上生存的，总归会有些与众不同的命运。怪不得她的肤色看上去比她丈夫还要黝黑，她有老底子。

女老板告诉我，她父亲早年在 261 道班（离此地不远）工作，她因此在道班长大。8 岁时父亲送她回内地读书，但是"我读书不得行，成绩不好"，于是初中二年级就辍学回家。一直也没找到合适的工作，结婚后她就和丈夫一起进藏了，因为从小熟悉这儿，就在这儿开起了饭店。一晃已经 9 年了。

我想，她大概没意识到，她来这里，是命运在召唤，是川藏线在召唤。她父亲养路，以路为生，她开店，也是以路为生。川藏线养育了他们，他们也服务于川藏线，他们与川藏线唇齿相依。

我注意到店内的墙上写着"概不赊账签单"一行字，问她为什么，她说原来一些政府部门的人吃了饭不付现金，说先签单，年底一起算，结果到年底人调走了，谁也不认这笔账，所以他们就特意将此声明贴到墙上，这下才好多了。

搞了半天，高海拔也没挡住歪风邪气。

我问她生意怎么样，她说还可以，主要是招揽过往的司机，也有从理塘专门跑来吃饭的。每天的营业额有几百。

"就是没电，天一黑只能点蜡烛，所以我们关门很早。关门早也是为了安全。少赔就等于多赚嘛！"女老板颇有见地地说。

我问，没有电你们烧什么？（四周光秃秃的，肯定也没有柴）她说烧煤气，理塘有。雇一辆车 30 块钱，可以把煤气罐、肉、菜，还有调料什么的一起拉过来。一个月拉个一两回就可以了。这里距理塘 18 公里。

我又问，打电话怎么办？因为我注意到手机没信号。

她说到理塘去打，又说，他们这里有手机的，每次要打电话就开个摩托车跑到山顶上去打，山顶上有信号。

我一想觉得怪有意思，这大概是川藏线上特有的景色了，开个摩托车到山顶，站在那儿冲着万重山跟万重山之外的人说话。四周无人声，连鸟叫声、风声都没有。世界为我所独有。我想，我一会儿也要试试看。

女老板又说，这里很闭塞，信息不灵，看不到电视，听不到广播，经常不知道外面怎么回事了。我说那你们就看报纸嘛，她说他们订不起报纸。不过她经常到理塘的一些单位去捡些旧报纸来看。

现在晓得读书重要了，所以我要让我的儿子上大学。她说。

你儿子多大了？我问。

上一年级了，在绵阳。和我父母在一起。

你多长时间回去看他一次？

两三年吧。

过春节都不回去？

不回去。太花钱了。

那你们打算在这里干一辈子吗？

不，钱挣得差不多了就回去。

挣多少算差不多啊？

10万吧，以后好供儿子上大学。她答得很明确。

不知怎么，她的这个理想让我感动，让我对她心生敬意。上车前，我对女老板说，我给你照张相吧。她很大方地说好啊，马上理理衣服，站在了自己的小店前，还面带微笑。照完了，她就和我们挥手告别，也没说把照片寄给她之类的话，似乎很明白我们这些家伙一离开这儿就不会再想起这儿了。

我跟她挥手告别，衷心祝福她早日实现理想，早日回到故乡。但我可以想象，等她老了，回到故乡后，她向人们说得最多的，一定是川藏线，一定是关于这条路上发生的故事。这是进入她生命的路，是她的川藏线。

拐过一道山梁，就可以俯瞰草原上的理塘县城了。贺政委停车，要拍理塘全景。我刚一下车，手机就响了，果然有信号。一个朋友碰巧打电话过来，问我走到哪儿了。我说快到理塘了。他说你怎么气喘吁吁的？他这一说我才意识到自己在喘，还喘得厉害，毕竟是海拔4000多米呀！我说当然要喘了，因为我们到世界高城啦！

9. 世界高城

进入理塘或者离开理塘，你都必须经过一道高大的城门，城门十分漂亮，极具藏民族特色，城南城北各一个，样式色彩完全一样。门楼上豪迈地写着六个字：世界高城理塘。

我没有认真考察过，海拔4200米的县城是不是世界第一高城。不过理塘人还是很聪明的，他们写"世界高城"，并没有在前面加上"第一"或者"最"，你就没法和它计较了。

理塘，藏语意思为"平坦如铜镜的草坝"，因县内有广袤无垠的毛垭大草原而得名。可以说，川藏线一路走过来，我印象最好的县城就是理塘了。不是因为她的城门，也不是因为她的风光，就是因为她的干净。走进理塘县城，我很意外，街道干净又整洁，红墙绿树掩映，让你觉得仿佛是在哪个公园里。街上没有牲畜的粪便，也没有流浪狗，街中心还有雕塑，加之进城之前那道漂亮的城门，让我觉得理塘的管理者很有文化素养。

　　贺政委见我如此夸赞理塘，就说晚饭后带我去见一个理塘的藏族女干部，是个拥军模范，可以听她聊聊。说罢他马上打电话给她，她马上就来了。典型的藏族女干部的模样，脸色黑里透红，笑容满面，举止大方，说一口挺标准的普通话。她自我介绍说她叫泽央娜姆，原任理塘县副县长，现任理塘人大常委会副主任。还递给我一张名片。我还不知该说些什么，她就马上邀请我们到她小女儿家去。她解释说，她自己的家在装修，她和老伴现在都住在小女儿家。

　　"走，去家里喝酥油茶。"她热情地邀请我们，我们就跟她走。

　　这里必须得插上一句，去泽央娜姆家的路上，贺政委接到一个电话，是那位得了心绞痛、早上从新都桥搭车返回雅安的教导员打来的，他报告说他已经安全到达，并且住进医院了。贺政委总算放心了，我也跟着放心了。

　　我们跟着泽央娜姆先进了一个院子，然后进了一个楼，最后进了一个房间。眼前出现一个很漂亮的客厅，和现在大都市里装修过的客厅一样，大电视、皮沙发，加上璀璨的吊灯，只是它的装修更具民族特色。泽央娜姆介绍说，这是他们买的集资房，90平方米，3万块钱。"现在不行了，我们买的时候便宜。"她补充说。

泽央娜姆的小女儿毕业于西南政法大学，现在理塘法院工作，是位女法官。女法官看上去还像个小姑娘。她坐在地上，逗一个三岁的孩子，是她姐姐的孩子。姐姐在北京上大学，毕业后就在北京工作成家了，因为忙，孩子便送回来让父母帮着带。泽央娜姆的丈夫也走出来和我们打招呼，比起泽央娜姆来，他显得寡言，但看得出是个厚道人。姓刘，汉人（从长相上已完全分辨不出了）。退休前任理塘县公安局局长。一家人都不简单。

泽央娜姆说他们老两口已经在成都买了房子，打算以后到成都去养老。

我们坐下来，一个小姑娘马上给我们一人沏了碗酥油茶。我知道这是藏民族最热情的待客方式，若不喝，他们会不高兴的。虽然泽央娜姆不会计较，也还是不要扫了别人的兴为好。贺政委还没来之前就已经声明了他喝不来，我想我得试试。一喝，觉得挺好喝的，清香可口。泽央娜姆看我能喝，很高兴，让我再接着喝。

　　我就一边喝酥油茶，一边听泽央娜姆说理塘。一说理塘，泽央娜姆就充满了自豪。她说理塘这地方很富裕，当地有丰富的中药材，尤其珍贵的是虫草、贝母，还有松茸。虫草是最好的虫草，松茸也都出口，因为据说它能抗辐射。她又说理塘这地方很有文化，理塘的长青春科尔寺是四川涉藏地区最大的寺庙。从理塘走出去的省一级、州一级的干部都很多，可以说这里人杰地灵。然后她又说理塘的军民关系很好，从20世纪70年代起就很好，一直好到现在。那时她还是文工团的演员，经常上兵站和雷达站去慰问官兵，一直慰问到现在，大家都叫她"兵妈妈"。前不久，理塘兵站因为修建缺水，他们家老刘还让消防车给兵站送水，把池子灌得满满的，够用一个月的。

　　泽央娜姆有些遗憾地说，我们理塘现在只是省里的双拥模范城，主要是部队少，不然我们肯定能评上全国双拥模范城。

　　我这才知道这个模范里还有数量标准。

　　不过泽央娜姆说了一晚上，让我留下深刻印象或者说最难忘的，还是一件"小事"，那就是理塘这个地方禁止使用我们随处可见的塑料袋，为的是防止白色污染。

"风一吹把袋子吹到草原上，牛羊吃了不好，还污染草原。"泽央娜姆说。

我大为惊讶，在这样一个偏僻的地方，竟有这样好的环保意识。我说那你们买东西用什么装？泽央娜姆说，自己带篮子或者包，习惯了就好了。我们已经坚持好几年了。

就为这，我都佩服理塘，喜欢理塘。

难怪理塘除了"世界高城"之外，还有个称谓——草原明珠。

我想她当之无愧。

10. 义敦：最香的午觉

尽管我那么喜欢理塘，理塘还是以它的高海拔折磨了我。也没什么可抱怨的，怪我自己。睡觉前贺政委他们把唯一的氧气瓶给了我，怕我出问题。我本来昏沉沉的，快要昏进梦里了，忽然想，既然有氧气，为何不吸上一点儿？就开始吸。这下可好，脑子里氧气一充足，竟然精神起来，到凌晨两点还无法入眠，只好爬起来吃安定。第二天早上去理塘兵站吃早饭，刚从临时用作食堂的帐篷里走出来，头一昏，就狠狠地摔了一跤。膝盖疼痛难忍，当着众人的目光又不好意思看，就瘸着腿上车了。看来我是享不了福的人。

上车后，人还是难受，昏昏欲睡。但没一会儿贺政委把我叫醒了，说到海子山了，下来照相吧！我说我不想照。他说海子山很有名哦。我看他坚持，只好摇下车窗，拿出相机来"意思"了一下。心里还想，和其他山差不多嘛！

回来后查阅资料，才知道这海子山的确非同一般。它是青藏高原最大的古冰体遗迹，以"稻城古冰帽"著称。这里曾是一片汪洋大海，是喜马拉雅山造山运动留给人类的珍贵的地貌遗产，有方圆3000多平方公里。"其冰蚀地形发育完全，冰蚀岩盆星罗棋布，海拔3600～5020米，平均海拔4500米，区内共有大小湖泊1145个，其规模密度在我国是独一无二的，是研究第四纪冰川地貌的重要基地"。

因藏族人称高山湖泊为海子，所以得名海子山。这里还曾是恐龙的家园。1982年，科学家在海子山中部发现了恐龙牙齿化石和桉树化石。

不过，我当时就是下车，也只能远眺，真正想到海子山探险，妄想拣上一块化石的，须离开公路往海子山腹地走，恐怕没有个三四日是不行的。这么一想，我就原谅了自己。

前行 100 多公里后，我们到达了义敦兵站。义敦兵站海拔 3200 米，比理塘低多了。但我还是打不起精神来，吃饭也吃得恍恍惚惚。吃饭时听到两个消息，一个是今天有个省里来的女副厅长到这里检查工作，很厉害。另一个消息是，义敦沟的路又断了，又是被一辆地方超载车压断了桥，贺政委他们团的两个连在这里吃了早饭进去，没多久就被堵在沟里，一直堵到现在，士兵们早就饿了，兵站刚派人送饭上去。

正说着，送饭的副站长回来了，说还走不了，至少还得等两三个小时。

贺政委有些忧心地说，看来他们到巴塘的时间要晚了。我不理解，义敦到巴塘不到 90 公里了嘛，就算 3 点才通车，3 个小时还赶不到吗？

贺政委转头跟我说，既然走不了，你就去睡会儿吧！

我求之不得，这个时候只能顾自己了。赶紧找了个房间躺下，一躺下就昏睡过去，睡得天昏地暗，一觉醒来竟不知身在何处。坐起来想了好一阵儿，哦，是在川藏线，是在义敦兵站。看看表，竟然两点半了，也就是说我睡了整两个小时。顿时觉得神清气爽，活过来了。

这可能是我这辈子睡得最香的一次午觉了。我记起有一部美国片，里面的男主人公每遇到一件难忘的事，就要俯身拣一块石头作为纪念，其中就包括他睡了一次很香的午觉。我思量着是不是也学着他，在义敦兵站拣块石头揣进怀里，并且在石头上写下一行字：幸福不在于挣大钱做大官，而在于你想睡觉的时候能安睡，想吃饭的时候能有热汤热饭——又对自己进行了一次幸福观的教育。

出门一看，贺政委手拿一本邓小平传记在那里看。我问，可以走了吗？他说，可以走了，正想叫你呢！又说，我看你一上午脸色都不好，现在好些了吧？我说，这一觉睡得太好了，我整个人感觉都活过来了！

我们离开兵站上山，或者说进沟，路果然已经通了，车队也过去了。但是，我得说，义敦沟的路是这一路上走过来最难走的路了，一是因为它路况本来就差，二是因为沟里正全线修路（据说那位厉害的女副厅长就是来检查施工情况的）。许多路段都是临时便道，车子开在上面七歪八扭的，小车都如此，大车更可想而知了，难怪贺政委担心车队不能按时到巴塘呢！幸好我有两个小时的午觉垫底，不然真经不起这么颠。

不过我想，毕竟是在修路啊，一时的破烂是为了以后好走。我看到在一些非常容易垮塌的路段，施工队正在修山墙，还有的顺着山势用钢筋水泥将山体包裹住，好像给山穿了件盔甲。还有一段含在山嘴里的路，已用一根根水泥柱支撑起来了，感觉像地下通道。最让我欣慰的是，有两处正在打隧道，那样的话，路将彻底改道，再不用冒塌方飞石之险了。也许再过两年，车队过义敦沟就会像过二郎山一样。

路上我们碰到了中午受堵的两个连队。贺政委停下来跟带队的干部说，慢慢压着开啊，一定要小心。我相信这些话他出发前就反复说过，出发后每一天也都说过，但只要看见他的兵，他还是会说。他跟我解释，这两个连队都是老车，容易出故障。

我看着那些年轻的战士，一张张还有些稚气的脸，我知道他们已被川藏线磨炼得特别能忍耐了。你想他们一早就出发了，一段不到一百公里的路开到现在，那几乎不能叫开，只能叫移动。那需要多么大的耐心！据说从川藏线下来的汽车兵，刚进成都时都控制不住想开飞车，路太平了，太直了，太不像路了！

有一段路，见几个工人在清扫路面并且泼水，我感到不解，就好像看见有人在马路上用拖把拖地一样。这样尘土飞扬的工地，扫什么呀？贺政委分析说，肯定是那个女副厅长要从这里过，他们在做准备。没想到让我们先享受了，一车人都乐。泼过水的路面，的确灰尘少一些。我想，看来这女副厅长果然厉害。

在巴塘，我有幸见到了这位女副厅长，又有人说她不是副厅长，是局长。总而言之，是个女强人。先声明，我不认为女强人有什么不好啊，总比女懒人好。我看见她坐在会议室里主持会议，开了整整一天。面目并不凶狠，笑眯眯的。

11. 巴塘印象

未到巴塘之前，我最早听说巴塘是因为巴塘弦子舞。巴塘弦子舞是四川涉藏地区最具知名度的藏族民间音乐舞蹈艺术，它融歌舞于一体，由藏二胡伴奏，羊皮胡琴引领，舞者身着藏装，足踏节拍，广舒长袖，边舞边歌，很是热闹快乐。当年 18 军进藏路过巴塘时，宣传队的队员们很快就学会了这一藏族歌舞形式，时常在部队胜利会师的时候，或者开拔的时候，为官兵们表演，很受欢迎。

可惜我来回在巴塘待了三天也没见着。

"巴塘"是藏语的译音，"塘"是坝子的意思，就像前面说的理塘，藏语意思是"平坦如铜镜的草坝"，而"巴"在藏语里是羊叫，所以"巴塘"的意思是"到处有羊叫的坝子"，形容其富裕。

此地气候温和，有亚热带气候特点，自然资源丰富。盛产苹果、核桃、葡萄、石榴、柑橘、梨、杏、李，又被称为"水果之乡"。到巴塘，你经常可以在路边看到树冠如巨伞的核桃树，遮天蔽日的，绿油油的，很好看。我们去的季节，核桃还绿着一张脸，处在青春期，据说到 9 月就可以采摘了，采下来在阳光下一晒，个个皮薄油多，是许多人家的重要收入来源。除水果外，巴塘的森林资源、矿产资源、水能资源、野生动物资源，以及中药材资源也都很丰富，是个富裕之乡。

但奇怪的是，就实地感受而言，我觉得它不如理塘。

巴塘海拔比理塘低多了，低 1000 多米，加上山上植被不错，所以人感觉比较舒服。我们到达时天还没黑，停车场上已经到了两个连队，还有两个连队没到。士兵们都忙着洗车擦车，在停车场的边上，我看见有两个水管，墙上写着几个字：战友，请用热水。让人看了心里一暖，好像热水流进心里去了。兵站的领导介绍说，这是他们自己想出来的，把热水管道一直接到停车场，大大方便了汽车兵，尤其是在天寒地冻的时候。

贺政委说，明天我们将在巴塘住一天，等后面的车队全部到齐了再走。

吃晚饭时，后面两个连队也陆续到了。带队的副团长跑过来给贺政委报告情况。该副团长因为生得高大魁梧，从当排长时就被人称作"推土机"，眼下年龄渐长，就被简称为"推哥"。推哥总是笑容满面的，一来就说，有辆车出故障还在山上，需马上送材料上去换。贺政委就让修理站的赶紧去找材料。站在一旁的杜军听见了，主动请战说，我去送。推哥说，也好，我那个驾驶员有点儿累了，明天一早还要出发。我小声问杜军，跑这一趟得多长时间啊？他说，很快，"一哈儿就回来了"（"一哈儿"意为一会儿）。当时是晚上 8 点，我想他大概 10 点能回来。

这里说说杜军。

杜军是我见过的最好的驾驶员了（或者应该加上"之一"，免得太绝对）。他的脸上永远带着笑容，说话永远不急不火，一天不论跑多少路，不论遇见什么情况，到达后的第一件事肯定是洗车，洗了车才吃饭。有时候我看他太累，就说，反正明天还是烂路，别洗车了，早点儿休息吧！他总是说，"还是洗一哈，洗一哈"（"洗一哈"意为洗一下）。杜军从来不因为给政委开车，就在别的士兵面前装模作样，有时车队堵在路上，他会跑去和连里的士兵聊天，说说笑笑的。那些士兵开他的玩笑他也不生气。路上对我的照顾就更别提了，经常是我下了车还在晕头呢，他已经把我的箱子、脸盆提到房间去了，并且铺好了床。早上出发，我也只需把自己运上车就行了——东西肯定已经一样不落全在车上了，包括我随身带的小暖瓶肯定都是满满的开水。

虽然我当兵的时候杜军才出生，可现在他也是当爹的人了。儿子 3 岁，妻子在雅安工作，一个幸福的小家庭。他因为每年都得上线几次，就是不上线也在团里忙乎，所以和妻子儿子聚少离多。他不认为这有什么了不得，当兵嘛，都这样，他说。不过我在路上从没见他给家里打过电话，也没见他拿手机出来接过电话。但我相信他肯定是给家里打了电话的，只是他没在我们面前打。

再说那天晚上，我早早就睡了，第二天起来发现老天下雨了，也不知是什么时候开始下的。从地上的一片烂稀泥看，至少是半夜开始的。我撑着伞去吃早饭，饭堂没人。有士兵告诉我，贺政委他们送车队去了。我也赶往停车场。果然，在雨中，我看见贺政委和联勤部工作组的三个同志都站在路口，一辆辆地送着出发的车队。推哥走在最前面。我也站在路的这边，向出发的车队挥手致意，心里默默地祝他们一路平安。

车队还没走完，斜刺里忽然插进一个小车队，要拐进兵站。车队就停下来让他们先走。我看车牌，大多是成都的，马上明白是那个女领导来了。起先有点儿气，后来想想，人家起那么早（昨晚他们也住在兵站）就去工地视察了，也不容易。

送走车队后吃早饭时，我看杜军仍是鲜活的样子，就问，昨天晚上几点回来的？他说凌晨两点多。我吃了一惊，问怎么那么晚？他说上山找到那辆故障车后，就陪着他们一起修，修到后来发现还缺个零件，又跑回来拿，拿了再送上去。修好了回来就两点多了。下雨，不敢开快了。我说你睡那么晚为何还起那么早啊？他笑眯眯地说，没得事没得事，习惯了。

看来在巴塘的夜雨里，很多人都没能睡上安稳觉。

上午杜军和吕股长陪我去巴塘县城转。先去书店，书店里的书还没我家里多；又去邮局，想买一套有巴塘风光的明信片，工作人员在那儿翻了好一阵儿，只找到一张，说就一张，送你算了。我拿过来看，上面是巴塘最著名的风景区措普湖。有一张也行啊，我在上面匆匆写了些吉祥祝福的话，丢进邮箱，寄给自己。

说实话，书店没有书，邮局没有明信片，这些都不是我对巴塘印象不佳的原因，印象不佳主要是路太烂了，进巴塘县之前的一小时之内，没有 100 米以上的平路，出巴塘到金沙江的一两个小时里，也没有 100 米以上的平路，那个烂，真能把你的骨头给颠散了。我就不明白，当地的领导自己走在这样的路上不难受吗？你说你没有能力彻底修，平整一下也好啊！不过听贺政委介绍，巴塘马上要修路了。他们团下一趟的任务，就是应地方政府的请求支援建设，给巴塘拉修路的水泥、沙石之类。

但愿巴塘的路早日平坦顺畅，真正走上富裕之路。

12. "红军已过金沙江"

其实先前翻了那么多的山，都还是四川的山，即便有点儿高原反应，也还是四川的高原反应，西藏还没到呢！巴塘是川藏交接处四川的最后一个县城。过了巴塘，再过金沙江，才算进入西藏。

我们原计划 15 日一早离开巴塘，结果有两个连队因路上堵车，没能准时赶到，我们还得再等他们半日，于是改成 15 日下午出发。15 日中午，最后两个连队终于到了。吃过午饭，贺政委赶紧召集他们干部开会，听取情况汇报，然后交代嘱咐一番。

一点半时，我们得以出发。

出巴塘，沿金沙江一路颠簸到金沙江大桥，尽管走晚了，我们还是在桥边停下来，看看这著名的江。我脑海里莫名其妙的冒出一句台词"红军已过金沙江"，却怎么也想不起是哪部电影里的了，肯定是写红军长征的。红军长征的故事里有一个"巧渡金沙江"，跟飞夺泸定桥一样出名。你别说，红军让很多地方提高了知名度呢，除了这泸定桥和金沙江，还有赤水，还有六盘山，还有横断山，还有乌江和遵义，还有陕北的吴起镇。可谓免费的"广告"。

金沙江发源于青海境内唐古拉山脉的格拉丹冬雪山，是西藏和四川的界河。全长3300多公里，流经四川、西藏和云南。我查了一下，江水正是从巴塘这里流入云南境内的。有消息说，金沙江的水资源非常丰富，自然落差达5100多米，水能蕴藏量为1.12亿千瓦，约占全国水能蕴藏总量的16%。

一过金沙江大桥，就进入西藏芒康县了。公路上拉着横幅：欢迎您来到西藏芒康县！

芒康属昌都，藏语意思为"善妙地域"，想来这里一定有什么特别之处。从地理位置上看，它也的确有些特别，横断山脉从北向南纵贯整个县境，西面是澜沧江，东面是金沙江。两江夹一山，也是难得一见的。

过县城，趁着手机有信号，我发了条短信出去：红军已过金沙江。颇得意。

过金沙江又 50 公里后，到达海通兵站。我们进兵站稍事休息，完成两大任务：方便和拍照。海通兵站的牌子上写着：海通兵站，海拔 3800 米。之后继续前行，进入海通沟。

海通沟和义敦沟一样，以路难行而著名。只是海通沟的"难行"不在路面，而在路上。其实海通沟的"难行"更可怕，因为山上飞石不断。由于山体结构的缘故，经常有碎石从山上飞落而下，并不是小石子，而是大石头。有的像磨盘那么大，有的像冬瓜、西瓜那么大，最小的也得是鸭蛋、鹅蛋的个头儿。要是飞一块在你车上，那可不是闹着玩儿的。

这样的路段在川藏线上还有一处，叫帕隆天险。4年前我曾经走过，给我们开车的藏族师傅扎西，眼睛一直朝上瞟着。当躲过一块石头时，他会响亮地吹一声口哨，以示庆贺或对自己的表彰。每个司机过这样的地段，都得眼观六路、耳听八方。有时加速，有时减速，跟躲避敌人的枪林弹雨一样。就是有什么情况需要临时停车，也得尽快上车离开。据说前年有位来此考察的博士，就是在海通沟遭遇飞石而遇难的。

其实海通沟还是有不少树木的，却不知为何山体仍如此松散。一路看去，沟里的河水波涛汹涌，呈棕红色。这回不用贺政委说，我也知道肯定是上游下雨了，说不定是暴雨。正是雨季，有雨很正常。后来的日子，我们几乎天天走在雨里。

80 公里后，我们到达了当天的目的地：竹卡兵站。

13. 竹卡村：安静富裕

沿途看到不少兵站都在修建中，像工地一样杂乱，唯有竹卡兵站是建好了的，干净整洁，让人觉得有些怯生生的。一个宽大的院子（停车场），一座颇具规模的大楼，据说可以住四五百士兵，一个大食堂，一个小食堂，还有一个漂亮的招待所。我们就住在招待所里。招待所有电视，但只能收一个台，有电话，但只能打军线。手机无信号。

兵站距最近的县城也有 50 多公里，买菜不方便，一般让车队带过来，偶尔缺东西，就搭地方的车去买，因为兵站自己没车。他们笑称，有时对面的武警部队想和他们搞活动，都只有请他们到兵站来，他们过不去。他们只能一天到晚地待在院子里。没有车队来的时候比较闲，就经营院子里的草坪和树，我看见几个兵早上给草坪浇一次水，中午还浇一次。太阳那么烈，也不知这么浇水好不好。白晃晃的水泥操场上，几条不怕晒的大狗趴在那儿，还条条面向大门，好像很尽职的样子。那么大的太阳，也没见它们伸舌头出来，也许是习惯了。

上午有点儿空，我们就让兵站的同志领路，去走访竹卡村。

给我们领路的是兵站的医生，由于经常给藏族群众看病，和当地百姓比较熟。我们跟着他就可以比较自如地进入村里了。关于这位医生，还有点儿故事。前年，成都电视台来拍关于三千里川藏线的专题片，了解到这位军医属于大龄青年，由于在西藏工作而难以解决婚姻问题，就在片中留下了军医的联系方式。片子播出后，很快就有热爱解放军的女青年打电话或写信给他。他经过慎重挑选，和其中一位女青年交往，眼下已经结婚了，而且有了孩子。

进入村子，感觉很静谧。虽然四周的山光秃秃的，村里的树倒不少，几乎每家每户的院子里都有，而且大多是果树，核桃树、苹果树居多。我们在路上遇见一个老人，医生说，我们上你家去看看行不行？老人很痛快，说走吧！

还没进他家院子，就听见了狗叫。自从家里养了狗，我对狗的恐惧大大降低。以前是闻声丧胆，现在见了它们格外亲，老想去逗。我探头一看，狂吠的是条精瘦的黑狗，被铁链子拴着。这下我更不怕了，自作多情地和它打了个招呼，就大模大样进去了。

这是个典型的藏族院落，一座三层高的房子，房梁和地板都是木头，唯有墙体是石头砌成。底层养着家禽和牲畜，一群鸡，几头毛驴，还有几头牛。所有牲畜一律敞养，地上全是草料和它们的排泄物。估计一段时间后主人就会把这些肥料收集起来送到地里去。我忽然想，当年 18 军到这儿时，大概帮着背水就行了，不用扫院子。

老人请我们上二楼，二楼才是主人家住的地方。

　　二楼有个开放式的大晒台，边上斜架着一根长约三米直径三十厘米的原木，原木上有斧头砍出的一道道沟，就是楼梯了。一见之下我觉得十分亲切，因为我已经在书里写到过它了。不过我写的时候以为它很难走，实际上还是好走的，虽然我没能像那个老人那么轻巧，但也还是自己走上去的，斜着身子，慢慢地，就上去了。

　　上去后进入一个大房间，非常之大，有三四十平方米吧，它是主人家的生活中心，吃饭、睡觉、看电视、会客，乃至念经学习，都在这里。我在屋子里看见电视机，这里收看电视靠"锅盖"；我还看见了高压锅和电话。墙上有不少照片。从照片上我得知，这家主人的儿子在武警部队当兵，这家人是军属呢！

　　我们又上了三楼，三楼储存粮食，一袋袋的青稞，还有玉米之类，堆积成一座小山，看得出这家人比较富裕。当地盛产青稞，青稞除了当粮食外，一个重要用途是酿青稞酒。村里人把青稞做成酒曲卖到外面去，成为重要的经济来源。

　　我们到第二家去走访时，就恰好遇到这家人在做酒曲。大概那东西必须一次做完，所以左邻右舍都去帮忙，十来个人围坐在一起，说说笑笑的，把和好的酒曲面捏把捏把，搓成圆饼状，再晒干，就是酒曲了。干活的以老人和女人为主，不知男人是下地了还是外出打工了。我看见这家唯一一个青壮年，正坐在大厅里读经书呢！

连着走了三家，日子过得都不错。

在一条小巷遇见一个婆婆，个子小巧，穿一件鲜红的衣服。一路上我已发现藏族同胞很喜欢穿鲜红的衣服，除了年轻小伙子外，一般的姑娘，还有老头老太太，都爱穿，老远你就能看见他们，火红的一团。婆婆牵了个四五岁的小男孩儿，一老一小走在巷里，旁边是色彩鲜艳的藏民房，很有味道。

贺政委一见赶紧架上三脚架咔嚓，还请求婆婆再走一遍。婆婆挺大方，也就退回去又走过来。我赶紧摸出身上的糖块和巧克力给孩子，希望他配合。后来，婆婆的儿媳妇从院门里出来了，我们和她聊天，得知婆婆的丈夫，这家的男主人是个汉人，1954年到这里当养路工人，后来娶婆婆为妻，就在竹卡村生儿育女了。他们有一儿两女，两个女儿一个嫁到四川，一个嫁在当地。现在男主人已退休，每月有2000块的退休金，所以生活无忧。

贺政委答应照片洗出来后带到兵站，让兵站转交给他们。他们很高兴。

四五个无忧无虑的藏族小女孩儿在小巷里叽叽喳喳地聊天，其中一个小姑娘还穿着白色长腿袜。我很想拍下来，可刚一举起相机就被她们发现了，一哄而散。我只好转身，一转身她们就凑过来了，故意发出声音逗我，我正要拍照，她们又跑，就这么反反复复的，典型的"人来疯"。我拿她们没办法，只好放弃。可她们还是一直跟在我们身后，到兵站大门口才离开。我估计她们怕那几条站岗的狗，那些狗只认军装，不认长腿袜。

14. 兵站的树

川藏线一路有二十多个兵站，每到一个兵站都能看到树。数量多少是另一回事。

由于我个人的偏好，一走到树多的地方就感觉比较好。何况在高原上，树显得弥足珍贵，就像你在荒漠中走，一路掠过光秃秃的山，掠过风吹石头跑的沙砾地，忽然看见树，你就知道肯定有人家了。走近了，发现果然有孩子的声音、狗叫的声音、袅袅的炊烟，还有猎猎飘舞的经幡，所有一切，都显示着勃勃生机。也不知道是人们逐树而居，还是居而种树，反正可以肯定，有树便有生命。

对兵站来说，肯定是居而种树。前面走过的数个兵站，泸定、康定、新都桥、雅江、巴塘，树都挺多，都是兵站建起后兵站人种下的。在泸定兵站我还看见院子里有种南方植物仙人掌、剑兰之类，且长势颇好，像小树那么高。在巴塘，兵站还种了不少果树，苹果树、梨树、橘子树。当然，最多的还是垂柳。垂柳下开放着木槿花，无比鲜艳，让人几乎感觉不到是在高原。理塘的树就比较少了，海拔太高，兵站里有几棵，一看也有二三十年了。城里也有几排，别处就完全没有了，只有一望无际的大草原。不由让人想起马丽华的诗句：人类是草原上个子最高的生物。

但树最少的却不是理塘，而是竹卡。这让我想不通。因为竹卡海拔只有 2600 米，跟康定、雅江这些地方差不多，但这些地方绿树成荫，竹卡四周却是光秃秃的，连低矮的植物都没有。是因为缺水，还是因为土质？我无从请教。

但竹卡兵站里还是有树的，除了原先的几棵老树，还有一些刚栽的小树。川藏线上的兵站不管处在什么样的海拔，总是年复一年地种树，好像想让自己多几个战友似的。竹卡兵站的几十株小柳树，是今年三月栽下的，虽然已经成活，却还有些弱不禁风的样子，在热辣辣的太阳下低眉顺眼地站着。兵站的人告诉我，其中一棵，是我们创作室另一位作家今年春天上线时栽下的，我一看，长得还不错。他们说，可惜现在这个季节不宜栽树，不然也让我在兵站里栽一棵作纪念。我一想，真还挺遗憾的，要是我三月来，在这高原上栽下一棵树，该是多美妙的事。以后在成都想念高原，也好有个具体对象。

从竹卡再往前走，海拔一路升高，到荣许兵站是4100米，那儿树少很正常，但到了左贡兵站，海拔虽然没有4000米也有3800米，院子里却有很多茂密的大树，又粗又直，真让我吃惊。显然树的生长情况和海拔没有绝对关系。当时已是晚上7点了，阳光依然热烈，树叶在夕阳照耀下墨绿发亮，很好看。我看那树像杨树又不像杨树，问贺政委，贺政委说这叫桦杨。

我还第一次听说这个树名，难道是专为高原嫁接培育的树种吗？

这些树一看就知道是兵站的人栽下的。因为兵站四周都是些大石头山，并没有树，绿色都少见。须知在西藏，有树的地方，即使海拔再高也不会太难受，因为树能制氧啊。相反，没有树的地方人就难受多了。

贺政委看我很在意树，就告诉我，现在每个兵站都有树了，连邦达兵站都把树栽活了，有 138 棵呢！我一听惊喜无比，连忙说太好了，我一定要去看看。

之所以惊喜，是因为我去过邦达，知道那里的情况。海拔太高，气候太冷，一棵树也没有，方圆几十里都没有。据说有个领导曾讲过，谁在邦达种活一棵树，就给谁记功。现在活了 138 棵，不知他们立功没有？他们总共 20 来个人，要立功还不得每人立上六七个？想想都替他们高兴。

这一路上，树最多而且最好的兵站，当属白马兵站了。

2000 年我经过白马兵站时，就对那里的大柳树留下了非常深刻的印象。兵站的名字上虽有个"白"字，但在我记忆里它却是墨绿色的。这回印象就更深了。因为老兵站拆了，正在修新兵站，样子已大大改变，没有改变的唯有柳树。

白马兵站的大柳树，每一棵都有两人合抱那么粗，树挨树站满了兵站的院子。如果说别的兵站有那么一两棵树可以遮太阳的话，那么在白马兵站，你想晒太阳就得走出兵站去。所以重建白马兵站之前，几乎所有的领导都嘱咐说，一定要把那些大柳树保护好。现在的新兵站基本是围绕树修建的。

其实每个兵站建好后的第一件事就是种树。现在树多树少，完全是树自己决定的，它想在哪儿活就在哪儿活，并不会根据人的需要或者人的心情来选择。比如白马那个地方，最后人们终于找出了大树茂盛的原因，是地下水丰富。修建新兵站时一开挖，哪儿哪儿都在冒水。柳树本来就是喜水的，难怪长那么茂盛。

老实说，一路上看到川藏线上的兵站的官兵们在反复地、不辞辛劳地种树，我就想起我所居住的城市，在那里，人们动不动就砍树，一天之内就能把生长了几十年的树砍光，想想心里真是郁闷！现在我从军区南大门出去，不管往左还是往右，都须在烈日暴晒下行走，不要说参天大树，连棵树苗都没有，我只能在烈日暴晒下想念西藏的树。

15. 三过邦达

因为无法把川藏线的线路图画在文章里，为了便于表述，我只能说我已经走到了川藏线的正中间，或者说，我从雅安出发，走到了第 12 个兵站——邦达兵站。如果换一种表述，那就是我已经走到了西藏的大门——昌都。

邦达就是昌都机场所在地。

按我原先的计划，我走到邦达就不再跟车队前行了，从邦达机场坐飞机回成都。

邦达机场是全世界海拔最高的机场，海拔 4300 米。距昌都 100 多公里，是西藏当时仅有的两个航空港之一。

到邦达之前的一路上，贺政委和工作组的几个人都在动员我和他们一起去察隅，说去那里的机会如何难得，那里的风景如何美丽，说得我终于动了心，决定推迟出藏时间，跟他们一起去察隅，从察隅返回后再从邦达飞出西藏。

大不了晚个四五天，我当时是这么想的。

第一次过邦达是 4 年前。当时我从成都坐飞机到昌都，就是在邦达机场降落的。一下飞机我就晕头了，毕竟它的海拔比拉萨机场要高近 1000 米。我的反应大，那些初次进藏的反应就更大了，接我们的人说，赶紧去昌都吧，昌都海拔比机场低 1000 米，下去就好了。可是去昌都的路全是弯道，我在车上被高原反应和晕车同时折磨，狼狈不堪，到分区就躺倒了，头痛欲裂，饭也吃不下，真想昏睡过去，梦里到成都吸点儿氧。不想分区司令晚饭后又请大家去他家做客，还说有反应没关系，喝点儿酒就好了。出于礼貌，我只好爬起来去了，晕乎乎地坐在那儿看大家喝酒聊天。司令是位藏族军官，性情豪迈，喝酒之后引吭高歌，整个晚上气氛热烈愉快。奇怪的是，第二天我真的没事了，看来情绪很重要，只要开心了，反应自然会过去。

想起 4 年前的经历，我对邦达还是心存畏惧的。贺政委也想到了，他说我们这次过邦达不住宿，直接赶到白马兵站，我自然同意。

我们早上 7 点从左贡出发，10 点就到邦达了，

100 多公里路走了不到 3 小时。算顺利的。快要抵达时，贺政委指给我看，山脚下的草滩上，有许多简易的长方形的建筑，有着灰色或蓝色的屋顶，贺政委说，那就是邦达兵站。兵站显得孤零零的，四周没有村庄，也没有一棵树，山峦都是褐色的。所谓草滩，也只是浅浅的草，没不过脚背。我想象中的站成一排的 138 棵树并没有跃入视线，后来我才知道，树太小了，被围墙遮住了。倒是路旁停着的车队很显眼，长龙似的卧在那儿。因为一下子到了四个连队，停车场摆不下了。

到邦达兵站，我一下觉得冷得不行，不知温度是多少，赶紧把箱子里的最后一件毛衣穿上。尽管时间很短，我还是去看了他们的树。这路上我一直惦着它们。遗憾的是，我忘了给那些树拍照了，现在想来仍后悔不已。我只想到将证件留下，请兵站的同志帮我买回成都的机票，就匆匆地上路了，为的是赶到白马兵站去吃午饭。

邦达到白马兵站只有 90 公里路，但中间要翻越怒江山。在地图上，这座山叫业拉山，可不知为何，川藏线上的官兵，无一不叫它怒江山，怒江山这个名字远远响于业拉山。贺政委告诉我，因为怒江就在山脚下。

怒江山海拔 4618 米，但它的特色不在海拔上，而在它的回头弯，据说怒江山共有 99 个回头弯，还有一说是 108 个，我始终没搞确切，总之很多。站在山顶的某一个回头弯朝下看，盘绕在山腰上的几十个回头弯一览无余，很是壮观。川藏兵站部的摄影发烧友们，到此无一不狠拍一通，用时髦的话讲，是个"谋杀菲林"的地方。贺政委当然不会放过，冒雨下车，架上三脚架，长短镜头齐上阵。尽管天气阴沉，能见度较低，但透过雨雾，还是可以看到回头弯宛若细细的飘带缠绕在山腰上，别有一种韵致。

那年我从邦达到白马时，并没有看到这一奇景，因为急着赶路，也因为不了解，所以没有停下车来欣赏。我们到达怒江山山顶时，老天忽然下起了大雪，鹅毛般的雪花纷纷扬扬，弥漫在天地间，把大家兴奋得不行，全跳下车来照相了，至今那照片上，还可以清晰地看到雪花的影子——5 月的雪花。

现在是 6 月，怒江山改下雨了。雨水冰凉，到底不是雪。

我们拍完照片再往前行，路堵了。这回不是塌方，也不是出了什么车祸，是修路。

我们一点点挪到前面，看到路上一派繁忙景象，雨雾里人来人往、车来车往，加上路边临时搭建的一些工棚，把一条本来就很窄的路塞得满满当当的。我看到一些武警官兵，贺政委说他们是武警交通支队的，负责在这里修路。一个武警军官从雨中走过来，很客气地跟我们解释，需等一辆运钢筋的车卸完货才能通行。我们当然理解，就等。

一等就等了近一个小时，丝毫没有可以通行的意思。许是钢筋太重了，卸货慢。我只好拿把伞，下车来向站在雨地里的一个女民工打听，哪里有厕所。这一路上，我已经对找厕所有了经验，这地方虽然不着村不着店，但有这么多人在，肯定会有个简易厕所。女民工告诉我，往前走，山边上有个塑料棚便是。我就撑着伞从人缝车缝里朝前走，走了差不多一里路，看见山边果然有个彩条塑料棚，上面没写男女，根据经验判断，我想那狭窄的一方定是女厕。等我再上路，路还没通，不免有点儿烦。这时又见一个女民工，既不撑伞，也不穿雨衣，连个帽子都不戴，就这么淋在寒冷的雨里。我想，我才待多久啊，人家可是天天在这儿，从早到晚的。这么一比，心里便不再烦躁。

奇怪得很，那时候我并没有想到18军。要知道，18军当年走到这一带时，已是深秋，天气非常寒冷，他们每天晚上露宿的时候，身上盖的被子常常被冻住，以致早上醒来无法起床。无论翻多么高的山，走多么远的路，吃的都是萝卜根和代食粉糊糊。如果做饭中途遇到一场冰雹，那一顿饭就报销了，只能饿着。至于嘴唇干裂流血，得雪盲症，得肺水肿、脑水肿，走着走着就倒下牺牲，都是很平常的事。虽然平时人们喜欢说"苦不苦，想想红军二万五；累不累，想想革命老前辈"，而实际上，我们苦和累的时候都不会想到他们。比如我，苦和累的时候往往是靠身边的人和事来排解的，从来不会去想老革命。是不是因为年代相距太远造成了一种错觉，好像老革命们克服什么困难、战胜什么危险都是应该的？他们怎么牺牲奉献也是应该的？我还真没想透这个问题。

钢筋终于卸完了，卡车移到边上，让我们通行。我舒口气说，但愿我们回来的时候不要再堵了。贺政委笑笑说，这个不算堵。我看了看时间，一个多小时过去了。想想也是，堵上一天才叫堵呢！等我们赶到白马兵站吃午饭时，已是下午 2 点，我竟然也没胃疼，算经受住了考验。

没想到数天后我们返回，第三次过邦达时，遇到了更不顺的事。

我也学学说书人，留待下回再说。

16. 爱情然乌湖

从白马兵站到然乌兵站，路况很好，几乎全是柏油路，也没有依山傍崖的险势，让我觉得不像跑在川藏线上，很奢侈，于是停车下来，专门为柏油路拍了张照片。

然乌兵站傍着然乌湖。然乌湖绵延十几公里，风景秀丽神奇，也很静谧。2000 年我从邦达去林芝时路过，留下了很美的印象，也拍了不少照片。这一回再路过，似乎就不太美妙了：老天一直在下雨，冷飕飕的，而且连着下了好些天，一直下到数天后我们从察隅返回，好像然乌湖倒挂在天上了，没完没了地往下渗漏。

雨季毕竟是雨季呀！雨成了这个季节的常客，住下就不走了。此后一直到我回到雅安，雨都没有停过。

　　然乌兵站也在修建之中，原先的老兵站拆掉了，临时在河滩上搭建了一个兵站：一排简易砖房，一排塑料大棚，5 顶棉帐篷，加上 90 车河沙铺就的院子，还有一个可以停放 5 个车队的停车场——这一硕大的工程，竟是然乌兵站 27 个官兵在 9 天之内完成的。第 10 天他们就开始烧水做饭接待过往车队了。站长李洪笑眯眯地说，那 9 天我们每天都干十几个小时。我咋舌，因为这是在海拔 3990 米的高原上啊！看到兵站牌子上写着"海拔 3990 米"，我真替他们打抱不平，我说这是谁测的啊？故意的吧？因为我知道，高原补贴是以海拔 4000 米为分界线的。兵站的几个人就笑。

　　整个兵站就我一个女性，只好独占一顶帐篷，很有些不安，连贺政委都是和其他人一起睡通铺。但也没办法。帐篷后面就是雪山，教导员李明俊告诉我，那是来古冰川。看我冷，他给我抱来了大衣，还生了炉子。但我坐在帐篷里依然有些不知所措，没有电视，没有电话，甚至没有足够亮的电灯看书。帐篷外是哗哗的雨声，雨声歇息了便是狗吠。站长李洪和副站长彭刚听说我是从军区大院来的，感到很亲切，因为他们俩都曾在大院的警卫营当兵。忙完了工作，他们就跑来陪我聊天。我看他们俩都三十来岁了，就随口问李洪，孩子多大了？李洪说，我还没孩子呢！彭刚说，我也没孩子。

我心里奇怪，想，一定是有什么原因吧？不等我问，他们俩就自己讲了起来，一讲，竟是两个爱情故事。

1996 年，李洪从昆明陆军学院毕业，分配到了然乌兵站。小伙子初上高原，一切都还不适应，这时候，一位藏族阿妈到然乌兵站来看望大家了。这个阿妈可不是一般的阿妈，她叫泽仁雍宗，家就在然乌。20 世纪 50 年代初 18 军进藏时，他们一家都非常拥护解放军。当时还是年轻姑娘的她，也主动为 18 军当了翻译，以后便嫁给了 18 军的一个营长。西藏和平解放后，她随丈夫转业回到了安徽，但还是常常回然乌湖来探亲。每次回然乌湖探亲，她必到兵站来看望，因为兵站的解放军也是她的亲人。此次她到兵站来，一眼就看到了李洪这个新来的少尉，她拉着他的手问长问短，让李洪心里觉得暖暖的。更让李洪想不到的是，第二年夏天，当阿妈再次到然乌兵站来看望官兵时，身后竟跟着一个年轻漂亮的姑娘，说要介绍给李洪做女朋友。那姑娘不是别人，正是阿妈的三女儿卓玛。李洪非常感动，他是彝族人，来自云南，人憨厚朴实，也非常敬业。当年就是因为军事素质特别好而被保送到陆军学院深造的。自打分到西藏后，他就做好了婚姻困难的思想准备，没想到竟有"岳母"亲自说媒，为他牵上了爱情的红线。而卓玛从小受妈妈的影响，也一直对解放军情有独钟，对母亲的牵线很中意。

李洪和卓玛经过三年的恋爱——说三年，在一起的时间也就几个月——终于在 2000 年结婚成家了。卓玛为了丈夫，辞掉工作，从安徽来到了李洪的老家云南，与他的父母住在一起。两个人的感情非常好，每天都要打电话，一个月的电话费就是好几百。但因为兵站工作太忙了，李洪已经两年没回家探亲了，卓玛虽然有一半藏族血缘，但因为生在内地长在内地，到然乌这样的高海拔地区来很不适应，高原反应厉害。李洪心疼她，不让她多来，所以两人至今还没有孩子。

我听了，安慰他说，你们将来一定会有孩子的，而且会是个非常棒的孩子，你想想，你们是三个民族血统的结合啊！李洪笑眯眯地点头，似乎早就想到了这一点。我又多嘴说，你们的孩子就叫然乌得了，这名字多有诗意，又和你们的爱情紧密相关。这回李洪连连摇头，说不行不行，然乌这个地方每年都有雪崩、泥石流、洪水等自然灾害。我目瞪口呆，怎么会这样啊？那么美丽的然乌湖，怎么会有这么多灾难呢？

为免去尴尬，我转头看着彭刚说，你的故事呢？

彭刚说，我可没他那么传奇。

李洪马上说，哪里，他就是为了他妻子上川藏线的。

彭刚这才笑眯眯的开始讲他的故事：1996 年我从陆军学院毕业，被分配到兵站部机关工作，在雅安，条件比较好，很快就和我妻子结婚了。她是雅安医院的一个护士，很爱学习，人也很聪明。参加市里的职称考试，技能和理论都考了第一。我们结婚后，妻子提出想去成都卫生干部学院学习深造。我想我应该支持她，我相信她会成为一个好医生。可是去成都读书，开销很大，学费、住宿，加上买书什么的，我当时一个月只有 1000 来块钱，根本不够用。经过反复考虑，我向兵站部领导提出申请，到高原工作。如果拿高原工资的话，我就可以供她读书了。领导非常理解我的想法，很快就批准了我的请求，于是我就从雅安来到了然乌，海拔一下升高了 3000 米。我在这里一干就是 5 年。

　　我问，那现在呢？彭刚说，现在她已经毕业了，回到雅安医院，当了助理医师。因为她一直在读书，所以我们也没敢要孩子。今年她好不容易请了三个月的假进来陪我，没想到才待了 20 天我们就接到了兵站拆迁的通知，她只好提前回去了。

　　我说，你为她做出那么大的牺牲，她一定很感动吧？彭刚憨厚地一笑说，没什么，我跟她说了，只要她愿意，就是读硕士我也供。有人跟我开玩笑说，你为了她而进藏，把钱都拿给她读书，万一她哪天变心你就亏大了。我说，她要真变心了，就算我为国家做贡献了。我想得通。

　　看着眼前的两个年轻军官，看着两个脸庞已经黝黑的兄弟，看着他们淳朴的笑容，我再次想，然乌湖它应该是爱情湖。就算它偶尔发生自然灾害，也一定是因为在很久很久以前，有一位美丽的姑娘，与李洪、彭刚这样善良的小伙子失之交臂了……

17. 德木拉：六月雪

　　老实讲，我第一次确切地听人说起"茶马古道"，还是上了川藏线之后。在翻越德木拉雪山时，贺政委告诉我，这就是茶马古道中的一段。我觉得很新奇，也很神秘。回来后查了一下资料才知道，其实我早已走过茶马古道了。

茶马古道起源于唐宋时期的"茶马互市"。因康藏属高寒地区，海拔都在三四千米以上，糌粑、奶类、酥油、牛羊肉是藏族人民的主食。在高寒地区，需要摄入含热量高的脂肪，但没有蔬菜，糌粑又燥热，过多的脂肪在人体内不易分解，而茶叶既能够分解脂肪，又防止燥热，故藏族人民在长期的生活中，创造了喝酥油茶的高原生活习惯，但藏族地区不产茶。而在内地，民间役使和军队征战都需要大量的骡马，供不应求，而藏族地区和川、滇边地则产良马。于是，具有互补性的茶和马的交易即"茶马互市"便应运而生。这样，藏族地区和川、滇边地出产的骡马、毛皮、药材等和川滇及内地出产的茶叶、布匹、盐和日用器皿等等，在横断山区的高山深谷间南来北往，流动不息，并随着社会经济的发展而日趋繁荣，形成一条"茶马古道"。

茶马古道中的滇、藏路线是：西双版纳—普洱—

大理—丽江—德钦—察隅—邦达—林芝—拉萨。而茶马古道的川、藏路线，就是我们此行走的这一条，从雅安出发，经康定、巴塘到邦达，再到拉萨。不管哪一条，邦达到拉萨这一段我已经走过。西双版纳、大理、丽江，我也早已走过。缺欠的是德钦到察隅、察隅到邦达。

这回我们从然乌翻越德木拉雪山到察隅县，算是又补上一段。而且是人烟稀少比较难行的一段。至于德钦到察隅，估计我得留下永久的遗憾了。

德木拉雪山海拔 5000 米，虽说不上很高，但道路极其险恶。本来从然乌到察隅，不过 160 公里路，搁到内地，那还不是一两个小时的事？但却因为中间有个德木拉雪山，160 公里的路我们走了整整一天。早上 7 点我们就从然乌兵站出发了，有两个为察隅运送物资的连队跟在后面。沿然乌湖前行不久后即开始翻山，上山没多久就遇上了大雪，雪花又大又密，整座大山很快就成了白茫茫的一片。哪里像是 6 月的天！在这白茫茫的一片中，我依然看到了尚未凋零的杜鹃，看到了在雪原上寻食的牲畜，也看到了徒步或骑马行走的旅人。生命在这里显得尤其珍贵，也尤其渺小。

走了一程，遇到一对顶风冒雪、策马而行的年轻夫妻。丈夫拉着马缰，妻子在后面揽着丈夫的腰，脸贴在丈夫背上，就像躲避在自家屋檐下。我赶紧拿出相机拍照，他们羞涩地笑笑，但也没有拒绝。

又走了一程，看见风雪中有个红色的影子，走近一看，是一位红衣少女，头上包着围巾，独自站在路边的山坡上朝远处眺望，身上已落满雪花。不知是在等谁归来，还是为谁送行，或者说仅仅是眺望？

一头孤独的牛在雪原上独立。听见汽车声，抬起头来望着我们。

我们开车都如此艰难，想想当年那些驮运物资的马帮，那些往来于茶马古道上的商贩，翻越德木拉山更不知有多么艰难，他们的行程一定是以天数计而不是小时计了。或者以年月计，一年半载走一趟。据说因为德木拉难以翻越，山那边的察隅曾被作为犯人的流放地，大概把人弄到山那边他就很难跑出来了。山上的路全是泥石路，又弯又窄，又险又滑，方圆几十里没有人烟。遇上塌方，抢修都很困难，前些年有位将军在翻越德木拉时遇到塌方，被困了整整两天，最后还是坐推土机下山的。

　　我们还算运气好，没有遇到塌方，但车速只能保持在 20 码到 30 码之间，基本上是移动。小车如此，大车就更慢了。每行一段，贺政委都要喊停车，等后面的车队上来再走。这样的路，这样的天气，他实在是不放心。走走停停，90 公里路走了 5 个小时，总算在中午时分翻过了德木拉山。

　　下山后植被越来越好，海拔也低下来，老天审时度势，迅速把下雪改成下雨了。

　　下午 1 点左右，我们的车和工作组的车会合，决定找个地方吃午饭。让大车队也停下来吃午饭并稍事休息。早上出发时，然乌兵站给我们和大车队都准备了干粮。我们在路边的树林里找到几间木屋，和主人商量暂借落脚，主人很热情地邀请我们进去。

　　原来木屋的主人是一群从四川跑来做木材加工生意的人，有 20 多人，其中还有个年轻女人。他们热情地给我们烧火，热菜热馒头。我们一边吃一边听他们聊天。烧火的年轻女人告诉我，她 3 月份就跟丈夫来了，把孩子丢给了爷爷奶奶。来了 3 个月，没和家里通过一次音信，因为此处既无手机信号，也无长途电话。要打电话，得走 50 公里路到察隅。我问她想不想家，她说想也没办法啊！

真是不容易。

吃过午饭继续前行，剩下的 50 公里路，基本上在绿色中穿行了。不过道路仍不平坦，有几处极其危险。绝大多数路段一侧是峭壁，一侧是 100 多米深的山谷，有时最窄的路面只能容下一辆车通行，危险随时存在。两天后我们返回时，一辆装满了啤酒、食品和生活用品的东风大卡车，就在这一段翻到了山涧里。当时因为下了几天雨，本来就很狭窄的路又被泥石流占去了一半，那个司机着急，不愿等养路工来清除路面后再走，一个在车下指挥，一个在车上操作，刚开到泥石流段，车轮一打滑，就翻下去了！好在司机跳了车，没有送命，但那么大辆卡车却摔得粉碎，啤酒瓶撒满山坡，车子四脚朝天地漂在河面上。难怪人家说这段路是"往上看头晕，往下看腿软"。好在我已经看惯了，既没有头晕，也没有腿软。由于氧气充足，精神状态也比较好。

傍晚 5 点，我们终于到达了察隅。

18. 察隅：世外桃源

在去察隅之前，我早已在我的小说《我讲最后一个故事》里写到察隅了。那时我只知道察隅和墨脱接壤，就自以为它也和墨脱一样是低海拔，亚热带气候。其实全不是那么回事。察隅的海拔有 2800 米左右，比墨脱高，气候也相对寒冷。它地处横断山脉和喜马拉雅山脉的过渡地段，境内崇山峻岭，峡谷深切，著名的梅里雪山就位于察隅境内。察隅东邻云南，北邻昌都，面积达 31000 多平方公里，共有藏、汉、纳西、独龙、苗、回、门巴、珞巴、傈僳、怒等 10 个民族和僜人。

察隅的地势是西北高东南低，相对高度差达 3600 米，是典型的高山峡谷和山地河谷地貌。气候宜人，物产丰富，资源众多。森林覆盖面积占全县面积的 60% 以上，奇树异草、鲜花美卉、珍菌名药，似一个天然植物园。另外还有名目繁多的珍禽异兽，及金、银、铜、锡等数十种矿产资源。在我看来，察隅还是个潜在的旅游胜地，由于特殊的地理环境和优越的自然条件，这里的自然景观十分壮观，如分布广阔的原始森林，漫山遍野的奇花异草，形似流水的上察隅阿扎千年冰川，白雪皑皑的梅里雪山及下察隅的洞冲冷泉等。

可惜这样一个美丽富饶的地方，被德木拉雪山阻断，一般人都难以抵达。过去人们对这个地方知之甚少，误以为它是个野人居住区。后有专家经过考证，证实早在唐朝它就归属中央政府了。20 世纪 50 年代初，解放军进藏开拔到这里，驻扎下来，慢慢地有了县城，建起了县政府。但目前仍是人烟稀少，全县人口不到 3 万。

我们就住在察隅的边防团。团部像个园林，到处是鲜花、绿草，还有果树。抬起头无论往哪边看，都是满目青山。空气清新湿润，估计含氧量很高——尽管有近3000 米的海拔，可有如此多的树在这里制氧啊！我们住的房间还接有温泉，随时可以泡温泉澡。若不是路这样艰难，此地真可以开发成疗养院或度假村。

到察隅的第二天是周六，我很自然地想起了父母大人。大清早我们就要出发去下察隅的边防连，得知那边手机没有信号，我赶紧在出发前给他们打电话。母亲接到电话说，今天怎么打那么早啊？我对着满目青山说，我今天在外面开会，马上要开始了，所以提前打。母亲说，你最近好像特别忙啊？我说可不是，最近事情都遇到一起了。父亲说，忙好，有事情忙就好。我看他们俩都没事，都挺好的，就放心了，也顾不上多说，赶紧上车上路。坐在车上我想，爹妈无论如何不会想到我现在在这么个地方。从地图上看，察隅和杭州的纬度差得不太多，但实际却相隔数千里，隔着万水千山。

我们在边防团政委的带领下，前往下察隅的边防连。一路上沿着察隅河谷向下行走，河水滔滔，丰盈而又纯净。尽管老天还在下雨，道路泥泞坎坷，又滑又颠，但如画的美景却让我们忽略了这一切，我们一次次地停下车来，冒雨拍照，冒雨欣赏，冒雨赞叹。青山如黛（没办法，只能用这样的词），云遮雾绕，空气清新，让人心情舒畅愉悦。河谷间种有大片大片的水稻，三三两两的农人在其间劳作，真如世外桃源一般。

难怪察隅被人称作"西藏江南"。

西藏江南就是西藏江南，现如今的江南，哪会有这般安宁，这般清静？当然，也哪会有这般颠簸不平的路？80公里的路，我们折腾了4个多小时。到沙玛边防连已是下午 1 点，听介绍，参观，座谈，快 2 点才吃午饭，吃过饭后马上又赶往另一个边防连。说起来相距并不远，走起来可真是耗时。两个连跑下来用了一整天，我一身的骨头都要颠散架了。不过收获真的很大。对边境，对边防连，对当地的历史和自然状况，都有了一定的了解，有了亲身的感受。不要说我，连贺政委都说太难得了。

想想察隅这一趟真是来对了，恐怕今后很难再有机会来了。即使今后国力强大，国家耗巨资将通往察隅的路彻底修整，我也很难再跑这么一趟。更何况，那个时候的察隅肯定不会像今天这般安宁、神秘了。有时候，美丽是需要寂寞的，美丽是需要独享的。

果然，回到成都后，朋友们对我跑这一趟最羡慕的，就是去了察隅。感觉好像我去了趟火星。

19. 怒江山：遭遇塌方

从察隅出来，翻山越岭到然乌，再到白马。在白马兵站，我得到一个让人沮丧的消息：由于气候原因，邦达机场的航班已停飞数天。我从邦达飞回成都的计划可能落空。

坐在白马兵站的休息室里，我心神不宁，面临两个抉择，一个是留在邦达兵站等飞机，什么时候通航什么时候走；一个是跟着贺政委他们的车队从原路返回。此时我的优柔寡断的性格暴露无遗，一会儿想，还是等飞机吧，再坐几天车真受不了，一会儿想，一个人等在海拔 4300 米的兵站上，要是一周后才有飞机怎么办？外面哗哗地下着大雨，搅得我更加心烦意乱。

拿不定主意的时候，我打了个电话给拉萨的一位参谋长，没想到他听后哈哈大笑，丝毫没有同情心，说那我没办法，你自己要跑到那儿去，除非你到拉萨来。我想这不是废话吗？从邦达到拉萨，跟从邦达回成都的路途一样。也许在他看来，这简直不是个什么让人犯难的事儿。这么一想，我还是下决心跟着车队走了。何况贺政委说，只要到了巴塘，就可以另外派车送你出去，不跟着大车队就比较快，4 天可以回到成都。

一旦拿定主意，心境马上晴朗了，多坐几天车也没啥嘛。何况想到去了趟察隅，想到车队已顺利完成任务，想到此行收获不小，还是很高兴的。

下午我们从白马兵站出发，到邦达兵站去住宿。

在白马兵站，我接到我们军区中央台记者站记者的电话，说他们正在邦达采访，拍摄川藏线的系列片，得知我也在线上，希望能和我会合，听我谈谈这一路对川藏线的认识和感受。我同意了。于是就约好，他们从邦达下来，我们上去，在怒江山会合时采访。

想到白马到邦达只有90公里，贺政委就说我们晚些再走，那么早到邦达人难受。其实他就是怕我难受。我们就在白马兵站待到下午3点多，大车队都出发半个多小时了，我们才出发。

翻越怒江山时，老天又开始下雨，虽然是三过怒江山了，我仍然无缘见到怒江山的太阳。我估计别处一年有300天出太阳，怒江山大概只有100天。我们很快就赶上了大车队。贺政委又下来跟领队的营长交代一番。尽管已经完成了任务东返，还是丝毫不能松懈，老天，或者说大山并不会因为你是回家就放了你，不给你厉害瞧瞧。每上一个回头弯，贺政委就喊停，等跟在后面的车队跟上来了再走。每次停下来等的时候，他就拿本书出来看，一副安了心等人的样子。我看不进书，就在山路上溜达，低着脑袋在路上找石头，看能不能拣点儿好看的、别致的石头，一路上我已经拣了不少。

走到半山腰，有一段路路面比较宽，贺政委说，我们就在这儿等记者吧。这里宽，免得影响后面的车队。

我们大约停了十多分钟，山上果然下来一辆越野车，我一看，正是两个记者。打过招呼，做了简短的交流后，就准备拍摄了。老天还在下雨，记者冒雨架好脚架，用雨披裹住摄像机，说，等后面的车队上来，有个背景就开拍。

就在这个时候，传来一声巨响，惊天动地的，几个人一起回头，看到我们身后那个回头弯腾起一股扬天的尘土，就像大爆炸后的那种——塌方了！！我们稍怔片刻，就朝塌方的地方赶去，眼前一片可怕的景象，在两位记者刚刚过来、我们正要过去的路上，堆满了大如磨盘小如西瓜的石头，上方的山体塌掉一大块，还在继续扑啦啦地往下掉石头。

我当时心里扑通扑通地跳，而贺政委几乎是有些神经质的反复说，我就觉得今天有些不对劲儿，所以我老想走慢点，你看好悬！太悬了！

这是我第二次遇到塌方了，上一次更厉害。1998年，我带十几个作家在西藏采风，从日喀则返回拉萨时，前方道路突然发生大塌方，将整个路都埋掉了。走在我们前面的小车刚过去，我们的大车就被隔断，前后相差也就5分钟时间吧。我们因此在兵站住了两天，最后还是徒步走过塌方地段，由军区从对面来车将我们接走的。相比之下，这次算是小塌方。但不同在于，这次我们身后有个车队啊，我们小车倒有可能一瞬间就冲过去了，而车队若在那个时候通过，是怎么都躲不过的。所以我特别能理解贺政委的心情。

几乎是与塌方同时，后面的车队上来了，接到命令停了下来，驾驶员下车集合，拿着工具前往塌方地点。我们车上的吕股长迅速穿过乱石堆，到前面去通知道班，道班工人丢下饭碗就开着推土机来了，将乱石一一推开，那个时候我深切感受到了推土机的力量，真是了不起。哗啦啦的，很快就将道路清理出来了。兵们拿着铁锹等工具，将余下的碎石和泥土清理掉，大约个把小时吧，就可以通行了。两个记者扛着机器将全部过程一一拍下。

关于这次塌方，兵站部后来有了个传说，说是我救了一个车队，因为我要接受采访，车队停了下来，所以躲过一场灾难。我听后连连更正说，不是这样的，塌方的同时车队上来了。要真说救车队，那也是贺政委，是他提出在那儿停下的。

不过有一点我体会很深：在危机四伏的川藏线上跑，你一定要虔诚，一定要心善，一定要对大自然有敬畏之心，因为冥冥之中，不知谁会保佑你，谁又会惩罚你。我回来之后听说，车队东返时遇到一处泥石流，一辆地方车陷在那儿不能动弹，一个战士就下去帮忙推车。就在这时，一块很大的石头从山上飞落下来，砸在那个战士的驾驶室上，将玻璃砸得稀烂。倘若那个战士在车上，就极有可能当场牺牲。这样的事情对川藏线上的汽车兵来说，已成家常便饭。所以当我看到电视上介绍人类最危险的十个职业时，马上就想到了川藏线上的汽车兵。可惜电视上介绍的十个最危险的职业里没有，好像有消防员、伐木工、飞机试飞员、战地记者等。在我看来，川藏线上的汽车兵所可能面临的危险一点儿不亚于他们。当然，汽车兵们不会计较这个。

当塌方清除，一辆辆卡车从塌方的地方驶过时，山上仍在往下掉石头，道路也不太平整。贺政委和带车的一营长亲自站在那儿指挥，不断嘱咐说，稳一点儿，慢一点儿，小心。我站在路边，向一辆辆车挥手送行，想到刚才那一幕，再看着车内那一张张稚嫩的脸，眼泪忽然就涌出来。

20. 东返：句号拉成叹号

所谓"东返"，是相对于西进而言。西进是运送物资进藏，东返自然就是完成了运输任务出藏，返回四川雅安。由于邦达机场飞机无法起飞，我便跟着贺政委他们坐车东返。一路经邦达、左贡、135、荣许、竹卡，再次来到巴塘。这一路所经之地我都一一写过，也就不再重复了。

在巴塘，兵站部领导电话指示巴塘大站，派一辆车送我到雅安。吃晚饭时，负责送我出去的副站长说，作家，我一定在明天之内把你送到雅安。我一听，顿时有些吃惊。一天之内到雅安？进来的时候这段路我可是走了4天，有600多公里呢。600多公里在内地的高速路上都得走上一天，何况这是高原！加上正逢雨季，到处都有塌方、泥石流，中间还要翻5座高海拔的山，怎么可能呢？我心里有些害怕，就一再问他，行吗？一天走那么多路行吗？要不还是分两天走吧？他说没问题，我们从来都是这样走的。看我害怕，他开玩笑说，作家，你的生命宝贵，我的生命也宝贵呀。我马上说，就是考虑到你的生命宝贵，我才想稳一些啊！一桌人都笑，看来大家都觉得没什么。话已至此，我不好再说什么了，心里却一直发虚。

6月23日早上6点半，我起床出发。贺政委、吕股长还有杜军，三个人都爬起来送我，让我在感动的同时更有些不安。头天晚上我一再说，叫他们早上不要起来送我，多睡一会儿，这段时间他们太辛苦了。反正他们又不赶路，他们要在巴塘住下来等所有的车队到齐了一起东返。可他们还是起来了，站在尚未明亮的天色里送我。杜军仍一如往常，将我的东西放到车上，水瓶里灌满热水。贺政委又把那位副站长叫到一边，嘱咐说，安全第一呀，一定要小心呀！副站长说你放心吧，肯定安全。

我习惯性地要往后面坐，这一路上我都是坐后面的，因为害怕自己打瞌睡影响司机情绪。可是副站长说，作家请你坐前面，我们后面要挤三个人呢。我这才知道还有两位军官要搭车出去。这个我很理解，难得有车出去嘛，那我就坐前面。

那天真是不顺。后来我得知，与我们"分道扬镳"去林芝的工作组，也在那一天遇到了重重危险，塌方、泥石流、洪水，样样遇上了。我还是说我们吧！我们出发没多久，就遇见了一辆翻车。再走没多远，又遇到了塌方。川藏线上有个有趣的现象，遇到塌方、泥石流之类阻断了道路时，地方司机一律不管，心安理得地等在车上睡大觉，好像只要等下去，路自己会通似的。其实他们是在等解放军，他们知道，只要军车来了，肯定会有人去疏通道路的。果然，我们的车到塌方处时，车子已堵成一条长龙，副站长他们马上下车，穿过泥泞，走了好几里路，到前面的养路段叫来了推土机，将道路疏通。再往前走，又见一辆车翻后堵在路上，一辆大吊车刚刚开过来，将翻车吊起移开。

这么着，走出义敦沟就比原计划多耗了 2 小时。按副站长原来的打算，我们是要赶到义敦兵站吃早饭的。此时已快 9 点了，司机便有些心急，将车开得飞快。有段路被洪水冲断淹没了，他也没减速，冲过那段路时，被水下的一块大石头狠狠绊了一下，车子腾空而起，我放在前面的热水瓶弹起来后砸在了我的头上。

我的感觉越来越糟，什么话也不想说。老天一直在下雨，一直在下雨。车前的雨刮器就没有停止过，总在我眼前晃来晃去的。我想我都感到如此疲倦，司机一定更疲倦，真应该停下来歇息了。可他们丝毫没有停的意思，除了吃饭就是赶路。这样一路走下去，我们那天一共遇到 6 次翻车。比我前 10 天遇到的总和还多。但不管怎么说，总算接近康定了。

在此之前，我一直建议我们在康定住一晚上。我希望由于这一路上的情况，耽误了那么多时间，加上天已经黑了，又下雨，他们会改变想法的。车过折多山时，我的不祥的预感已到了极点。当时是晚上 7 点多，天色渐暗，又是雨又是雾，能见度极低，可以说只能看见前方 10 米左右的东西。由于紧张，我一直紧握把手，提着心。

好歹翻过了折多山，进入康定了。这时他们开始征求我意见，是走还是留？我知道他们想走，若要留，早在前一个兵站就会打电话通知康定的。我还是抱着一线希望说，司机太疲劳了吧？不想司机马上说，我没事，主要看你了。我又说，那先吃晚饭吧。我想，吃晚饭时司机可以休息一下，另外也许还可以再商量。他们说，那我们就去吃某某鱼吧。我也不大懂，我对吃没什么兴趣，只好随他们。没想到车就驶出了康定，原来他们说的那个什么鱼，在康定前面的路上。

车一出康定，几个人就高兴地说，这下好了，烂路走完了，都是好路了！我也知道从康定到雅安都是柏油路，可心里仍惴惴不安，毕竟是晚上，毕竟在下雨。而且奇怪的是，以往几天，每天到了晚上七八点钟，我的家人或几个朋友，都会打来电话或发短信，问我走到哪里了，是否安全抵达，偏偏那天一个电话也没有，一个短信也没有。我还来不及多想，突然就感到车子发生了异常，司机死命地扳方向盘，车子却不听使唤地朝路边斜去。副站长大喊：刹车，踩刹车！司机也大喊：没有刹车了！

说时迟那时快，这是我小时候看小人书时经常见到的话，真的如此，就一瞬间，我们的车砰的一声撞在了右面的山上，一头栽进山脚下的排洪沟里，我脑海里的第一个念头是：终于翻车了！

这一翻，把我此行的句号拉成了叹号。

21. 写在最后

事后我回想起当时的情况，每一次都不由得生发出同一感慨：我是一个幸运的人。什么是幸运？不是挣很多的钱，也不是出人头地，或者有权有势，或者美若天仙，幸运就是你能逢凶化吉、遇难呈祥。

作为一个写小说的人，是恨不能什么都体验一下的，可是对于翻车这样的事，谁敢事先去设想体验？而我却在无意中拥有了，且没付出太大的代价。照说我坐的那个位置是最该受伤的位置，右车轮撞飞了，我几乎是头朝下栽着的。可是除了胳膊和膝盖被撞得有些青紫外，竟没有任何伤痛。

我必须得说，感谢上苍的眷顾。

没什么可抱怨的，就是对车上的几位，我也没有怨言。无论是司机还是副站长，人家都是为了送我才上路的，才遇上这么个倒霉事情的。

不仅如此，我还要感谢在此之后每一个帮助我的人。

车子撞进沟里，整个人蒙了一秒钟之后，我脑海中浮现出电影、电视上经常看到的画面：一股浓烟之后，车子轰的一声爆炸。于是我的第二个念头是，得赶紧离开车子！

我往外爬，忽然想起要带上随身的包，手机在里面，于是又返回去拿包。他们4个已经先爬出去了，返身拉了我一把。我出车稳后，发现自己没有受任何伤，至少没见着血，他们4个也同样，就稍稍心定一些。5个人傻站在公路上，望着掉在沟里的车。车的前保险杠撞断了，右前轮飞起来掉在公路上。大雨仍哗哗下着，我全身很快就淋湿了。片刻之后，我终于开口说，给兵站部领导打个电话吧。开口时，才发现自己的声音颤抖发岔。

一辆地方小车主动停下来问，需要帮忙吗？副站长说，可不可以把这位女同志带到康定兵站去？坐在前面的主人说，没问题，上来吧。打开车门，我发现后面坐着两位老人，有些犹豫，因为我浑身湿漉漉的。但两个老人马上朝里挤了挤，说，上来吧。我上去后，副站长又吩咐一个助理员也上来，陪我一起到兵站。这一来，后面更挤了。坐在前面的男同志一再说，没事的没事的，挤一挤好了。接着，他马上把外套脱给我说，把衣服披上，别感冒了。我接过来，没敢披，身上那么湿，还不把人家衣服糟蹋了？但心里很温暖。

我还是惊魂未定，就给一个朋友打电话，想通过他找甘孜军分区的人。大概我在电话里说了我的名字，电话刚打完，坐在前面的男人就回头说，原来你是裘山山啊！

我无论如何没想到会在这样的情况下被人认出，很意外。他说，我看过你写的书，《我在天堂等你》，我还是费了很大周折才找到这书的。我想，这么找书看的人一定是个文化人，就问，请问你在哪里工作？司机马上替他回答说，这是我们甘孜州宣传部的王部长。

真算是奇遇了。那会儿我觉得又狼狈又幸运。王部长笑呵呵地说，没想到会在这里遇见你。又说，平时想请你还请不到呢，没想到在这儿碰上了。既然来了你就别走了，在我们这儿住两天吧，跟我们的作者见见面，座谈一下如何？我当然知道他是打趣，想缓和我的情绪。别说，还真让我缓和下来了。我说，以后我一定来，这次就算了。王部长又诚恳地表示由他们来给我安排住处休息，我也婉拒了。我也不好意思啊，匆匆地经过人家康定，却是被车祸留下来的。

王部长把我送到康定兵站，雨还哗哗地下着，他拿了把伞给我们，一再说有什么需要帮忙就给他打电话。我们互相留了名片，就道别了。

冒雨走进康定兵站，兵站内早已熄灯，因为当天没有车队过。我们只好冒失地把站长喊起来。站长一听情况，连忙给我打开最好的房间，拿了件大衣给我，又打开电炉让我烤。一会儿，已经知道了情况的兵站部领导指示康定医疗所的医生过来为我检查，又指示康定兵站的同志好好照顾我。

与此同时，一位朋友也将电话打到了甘孜军分区，分区的政治部主任是刚从外地调来的，但就是那么巧，恰是我认识的一位作者，我曾经为他的小说和他通过两次电话，他一听说情况就冒雨赶到兵站来了。于是一大帮人陪着我出去吃饭。尽管我吃不下什么，但情绪很快就平静下来了，并且有些过意不去。我想我这么一撞，让多少人今晚不得安宁啊！

当天晚上睡得很好。第二天一早，那位主任请示领导后，用他的车亲自将我送到雅安。我在雅安停留一天，为兵站部的大型画册写解说词，25 日下午终于返回成都。

至此，我的整个川藏线行程结束了。

做个小结吧！

此次上线，一共历时 17 天，往返累计行程 3250 公里，比走通川藏线的公里数还要长。其中翻越了高海拔雪山 14 座（往返两次），跨越河流无数。沿途经过了 18 个兵站。遭遇泥石流塌方若干，目睹翻车 10 余次。

说这些，真不是为了表明我此行多么不得了，最近不是还有几个大学生骑自行车沿川藏线到了拉萨吗？我想表达的是，我走的仅仅是川藏线开通 50 年来中的一次，而兵站部的官兵们，每年要走六七次，已经走了 50 年。从概率上算，他们得经历多少危险，多少苦难，多少生死的考验？据川藏兵站部档案记载，这 50 年来，兵站部一共有 647 位烈士牺牲在川藏线上，另外还有 1800 名官兵致伤致残。可以说除了铁道兵，他们是我军和平时期牺牲人数最多的部队了。而在牺牲的前面，是另一组数字，那就是 50 年来，他们一共向川藏线出车 100 多万台次，行驶了 30 多亿公里，为西藏边疆运送物资 400 多万吨。

在路上，我们曾遇到两个叩长头的行者。看他们的穿着打扮，不像藏族同胞，一开口，果然说一口北方普通话。原来他们是山西人，2000 年从山西五台山出发，已经跋涉两年多了。这一路上我们遇见过不少叩长头的佛教徒，大多来自四川涉藏地区，从遥远的北方来的还是第一次遇到。我算了一下路途，他们走到拉萨，至少还得半年吧。如此历经千辛万苦，踏上这遥远的路，是为了什么？我问他们，他们其中一个回答说，为了世界和平。

为了世界和平。不管怎样，他们的回答都让我感动。我由此想到兵站部的官兵们，他们走上这遥远的路是为了什么，我从来没有问过他们。但我相信，如果我问了，他们的回答不一定会有这样高尚，也许他们会说，是为了完成任务。但他们却不是一次两次，而是上百次地走上这条路。而且，他们还将继续走下去，牺牲下去。

据说在大海边有一块礁石，上面刻着一行字：纪念在海上已死和将死的人们。从川藏线归来后，我总想到这句话。我想这不是悲观，这是人类面对大自然的一种态度，勇敢而又虔诚，不屈而又敬畏。

如果可能，我愿以我的这篇文字，纪念在川藏线上已死和将死的人们。

2004 年 7—8 月，写于成都北较场